新譯 川端康成作品

竺祖慈 葉宗敏／譯

伊豆舞娘

伊豆の踊子

雪國

雪国

山頂文化

目錄

譯序

這套「新譯川端康成作品」收有《伊豆舞娘》《雪國》《千羽鶴》《舞姬》《古都》《睡美人》《湖》《美麗與哀愁》等八部小說，以中、長篇為主，也包括《伊豆舞娘》這樣的短篇。

川端康成研究界普遍認為川端的小說創作大致可以分為三個階段，第一個階段從上世紀二十年代到二次世界大戰爆發，第二個階段包括整個戰爭時期，第三個階段為戰後時期。這套系列應涵蓋這三個階段的作品，這是我們選譯的一個重要考量，因而有了第一時期的《伊豆舞娘》，第二時期的《雪國》和第三時期的《千羽鶴》《舞姬》《古都》《睡美人》《湖》《美麗與哀愁》。

《伊豆舞娘》是被公認的川端成名作，儘管是不是他的處女作有過一些不同說法，因為在《伊豆舞娘》首次發表（一九二六年）以前，川端就發表了《招魂祭一景》（一九二一年）和《十六歲的日記》（一九二五年）等作品，川端本人關於自己處女作的問題有過這樣的說法：「按發表順序，處女作也許是《招魂祭一景》，它是我在上大學翌年春天發表在《新思潮》同人雜誌第2號上。」「《伊豆舞娘》這篇作品在發表之前幾年就寫好了，大概是在唸大學預科還是剛入大學那年寫好的吧……當時並未打算發表，後來只是把關於巡演藝人的部分重寫了，所以說《伊豆舞娘》也可算是我的處女作吧。」譯者認為，僅以小說元素的完整性來說，那兩部作品都無法跟《伊豆舞娘》相比，更遑論其他文學要素的比較了，因此《伊豆舞娘》問世不久，就被文部省選入中學教科書，並被日本文學界公認為川端文學的里程碑式作品。這部短篇小說至今已被六次搬上銀幕，六次被改編成電視劇，田中絹代、美空雲雀、吉永小百合、山口百惠等著名女星先後出演作品中阿薰一角。伊豆半島也因這部短篇小說而成為旅遊勝地，並建有各種與這篇小說有關的塑像和紀念碑。川端康成一九六八年以《雪國》《古都》《千羽鶴》三部作品獲諾貝爾文學獎，但評委會主席奧斯特林在授獎辭中首先提到的卻是《伊豆舞娘》：「川端初次發表了一舉成名、謳歌青春的短篇小說《伊豆舞娘》……這個主題猶如一首悲涼的民謠，反覆吟詠，在川端先生後來的作品中也一再改頭換面地出現。這些作品揭示了作家本人的價值，川端先生因而逐漸超越日本的國境而在遙遠的海外博得名望。」近年，這篇小說還被收進了中國中學語文教科書，僅此也足以佐證奧斯特林的評價，所以撇開算不算「處女作」的爭議不論，《伊豆舞娘》作為川端先生的成名作和代表作應是當之無愧的，這是我們選譯此作的主要理由。

川端小說創作的第二時期正處戰時，有影響的作品不算多，《雪國》就尤顯突出。這部作品從一九三四年底動筆創作到一九三七年五月止，以相對獨立的短篇形式斷斷續續地在多家雜誌上發表，並於一九三七年六月由創元社彙集出版單行本，第一次冠以《雪國》的書名，川端卻覺得故事開頭與結尾呼應不好，又多次到故事的背景地越後湯澤取材，並閱讀了《北越雪譜》之類有關北國雪鄉的書籍，獲得了更多素材，相隔三年半後又續寫兩章，分別於一九四〇年和一九四一年在不同的雜誌上發表，戰後又將這兩章做了重大修改後在雜誌上發表，並於一九四八年由創元社另出了《雪國》定稿本，也就是說這部八萬多字的作品的最後完成足足花了十四年的工夫，無論在川端本人的創作史還是在日本文學的創作史上，這都屬空前之例。如果說《伊豆舞娘》是川端先生的成名作，為其在日本文壇的地位打下堅實的基礎，那麼《雪國》就達到了他自己的藝術高峰，令他日後蜚聲世界。《雪國》是外文版本最多的一部川端作品，乃至有人認為《雪國》「明確地體現了日本美的傳統，其代表日本文學走向世界是最合適的」，「川端是《雪國》的作家，為了《雪國》，川端可以失去其他作品」。《雪國》也多次被搬上銀幕，著名女星岸惠子和岩下志麻先後出演過駒子一角，著名男星高橋一生則出演過島村。綜上所述，《雪國》無疑是這套作品系列中不可或缺的重頭戲。

作為川端小說創作的最後階段，戰後時期是其佳作迭出的創作高峰，對這個時期作品的遴選則成為一個既易又難的課題。《千羽鶴》和《古都》作為諾貝爾文學獎獲獎作品，在這套系列中自然不可闕如。這兩部作品提供給讀者兩種截然不同的感覺和印象，《古都》

中無論是千重子和苗子之間的姐妹親情還是秀男與兩姐妹之間的愛情以及千重子與真一、龍助之間的關係都是純潔無垢的，全書的格調也清新美好，令人感受到一種對新生活的嚮往和追求。而《千羽鶴》則呈現一種頹唐的基本格調，菊治與太田母女之間的畸戀充滿了不倫的氣息，乃至他與書中唯一潔淨無瑕的人物雪子之間的婚姻生活也擺脱不了這種陰影的影響。諾貝爾文學獎評委會把這兩部基調迥異的作品一同作為獲獎作品，應該是由於它們都充分地體現了「作者的卓越才能……纖細而敏鋭的觀察力和編織故事的巧妙而神奇的能力」（奧斯特林主席授獎辭）。

《舞姬》是川端在戰後發表的第一部長篇小説，也是他所有作品中民主思想和反戰思想表現得比較充分的代表作，書中夫妻子女之間在婚姻、愛情與生活問題方面的抵牾和衝突，表現了戰後追求民主自由、個性解放的日本女性對人生道路的積極探索，並借助書中人物高男的嘴指出個人和家庭悲劇都是「時代的不安造成的」，從而暗示故事中的悲劇其實就是封建主義與民主主義之間的衝突造成戰後日本社會面臨分裂這一現狀的縮影。書中還通過戰後日本社會種種貧困、凋敝等淒涼景象的白描圖像加深了作品的反戰色彩。從這個意義來説，《舞姬》在川端的戰後作品中應該佔有比較重要的地位。

男女情愛是川端小説重要題材，如果説他早期作品主要寫的是少年純潔的愛情萌動，晚期作品中則除了《古都》和《舞姬》之外，中長篇小説大多基調頹唐，儘管藝術上爐火純青，但所寫多為悖倫乃至變態的性愛，雖然筆調曲致，多以心理描寫為主而罕涉性行為細節，但情緒大多頹廢而虛無，《千羽鶴》自不待說，本套系列所選《睡美人》《湖》《美麗與哀愁》也是此類作品的代表，誠如著名日本文學研究家葉渭渠先生在《冷豔文士川端康成傳》中所言：「所以他的這幾部小說有一個共同點，那就是描寫傳統道德、觀念、理性乃至於生命自然的規律對於情慾的壓抑……以發現人的天性、人的本能的東西，所以作家寫異常情慾，『縱使放蕩，心靈也不應是齷齪的』（井原西鶴語）。他在為精神戀愛說教時，也還是把筆墨灌注在人的性心理活動上，寫性生理要求是很注意把握分寸的。」川端晚期作品中屬於此類的還有《山音》和《一隻手臂》，前者與《千羽鶴》相似，後者與《睡美人》相似，且中譯本相對較多，而《湖》和《美麗與哀愁》則各有獨特之處，且中譯本較少，於是我們收進這套系列，希望與《千羽鶴》和《睡美人》一起，讓讀者對川端晚期作品有一個較全面的了解。

川端先生的短篇小說《伊豆の踊り子》，除二十世紀大陸改革開放後最早出現的侍桁先生譯本譯作《伊豆的歌女》，其他譯本多譯為《伊豆舞女》。日本權威辭書《廣辭苑》對「踊り子」一詞的主要釋義是「跳舞的少女」或「以跳舞為職業的少女或舞者」，上海譯文出版社出版的《日漢大辭典》的釋義是「跳舞的少女」或「舞女、舞蹈演員；以西方舞蹈為職業的女子」。從這篇小說的內容來看，顯然「跳舞的少女」這條釋義與作品人物的身份和形象最為貼切，但語感較贅，似不大適用於題目及對應的正文部分，而《現代漢語詞典》對「舞女」一詞的釋義——「以伴人跳舞為職業的女子，一般受舞場雇用」——與此篇人物的形象、身份都有明顯的錯位。此次譯者考慮再三，決定將題目譯作《伊豆舞娘》，希望能與書中阿薰的形象更貼切一些。

面對之前已有的眾多川端作品譯本，我們此次重譯所持態度一是謙謹認真，二是努力提供一些新的東西。除了上述在選目方面的種種考量之外，在譯文方面一是在語言風格方面努力貼近川端原作的平實、凝練和內斂；二是充分利用「後發優勢」，努力糾正前譯因種種條件限制而存在的問題甚至謬誤，例如《古都》中關於祇園祭等京都民俗活動方面的種種細節，若非身歷其境，僅憑辭典之類的工具書是很難準確迻譯的，一些流行較廣的譯本在這方面就存在一些明顯「想當然」的誤譯，我們在翻譯時充分利用當今互聯網帶來的資訊便利，查閱了大量日本方面的文字乃至視頻和圖片資料，弄清每個辭書中查不到的詞彙、場景的準確涵義，庶幾避免前譯之誤。《古都》《千羽鶴》中有大量關於日本特色文化、器物、物產、食物的描寫，我們儘量在正文中保留其原來的漢字名稱，再以腳註的形式解釋其具體內容，若日文原本是以假名形式表示，我們則在正文中譯以相應的中文名稱，再儘量在腳註中寫出其日文假名名稱，這兩種方式都便於讀者今後在日本旅行見到這些事物的日文名稱時，不管不它們是以漢字或假名形式出現，都能直接想到它們的具體內容。我們的《古都》譯本中共有腳註一百三十餘條，庶幾不負作品中大量京都風物描寫所涵川端先生的一番苦心。

竺祖慈　葉宗敏　於二〇二三年七月

伊豆舞娘

竺祖慈／譯

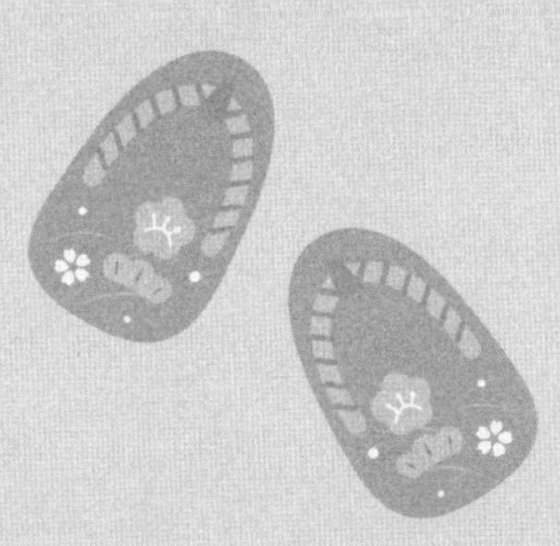

一

道路變得曲曲彎彎，眼看將近天城山頂時，雨腳已把茂密的杉林染白，同時便以驚人的速度從山麓向我追來。

我二十歲，戴着高中的學生制帽，穿着藏青色白碎花和服和裙褲，肩背書包，獨自來伊豆旅行，今天已是第四天，其中在修善寺溫泉住了一夜，在湯島溫泉住了兩夜，然後踏着厚樸木齒的高齒木屐來登天城山，一面陶醉於眼中的重山疊巒、原生林和深邃的溪谷，一面又被心中一種令人怦然的期待催着匆匆趕路。此時大粒的雨滴開始拍打我的身體，我在彎曲的陡坡上奔攀，終於跑到北山口的一家茶屋，正要喘口氣時，卻又在茶屋門口停下了腳步，只因為自己的期待竟如此順利地得到了實現——那一行巡演藝人正在裏面歇腳。

見我呆站在那裏，那位舞娘立刻讓出自己的座墊，翻個面後放在旁邊。我只「哎」了一聲，便在座墊上坐了下來。因在山路上奔走而致的氣喘再加驚喜，一句「謝謝」堵在喉間而不能出聲。

與她近在咫尺對面而坐，我慌忙從袖中掏出香煙，她把同伴面前的煙灰缸拉到我的近前，我仍是默然。

她看上去十七歲左右，盤着一個我不知其名的古風髮髻，形狀大得不可思議，讓她那張一本正經的鵝蛋臉顯得很小，卻又給人美感，令人覺得和諧，讓我聯想到歷史故事中的女孩子那種被誇張描繪的濃髮。她的夥伴中有一個四十來歲的女人，兩位年輕女子，此外還有一個二十五六歲的男子，身穿印有長岡溫泉旅館店號的外衣。

我此前兩次見過這位舞娘，最初是在來湯島的途中，與去修善寺的她們在湯川橋附近相遇，當時雖有三位年輕女子，大鼓卻是她提着的。我不時回頭去望，覺得旅行有了情趣。然後便是我在湯島的第二天晚上，她們來旅館賣藝，她在玄關處的地板上跳舞，我坐在樓梯的半中央看得入神，心想她們先是在修善寺，今晚在湯島，明天可能會翻過天城山到山南的湯野溫泉，我在天城七里[1]山道上一定追得上她們。雖是帶着這樣的空想趕路而來，卻在躲雨的茶屋不期而遇，所以

---

1 里：此處指日里，一日里為三點九二七公里。

還是心怦怦亂跳。

不一會兒，茶屋的老婆婆把我帶到別的房間，這房間好像平時不用，所以沒有拉門，往下一看，美麗的山谷深不見底。我覺得自己起了雞皮疙瘩，牙齒打顫，渾身發抖，便對來沏茶的老婆婆說冷，她說：「少爺是淋濕了吧？您就在這裏歇一會兒，來，把衣服烘一下。」說着便要伸手拉我去她們自己的房間。

那個房間砌了地爐，拉開隔門便有強烈的熱氣沖來，我站在門邊猶豫。一位像淹死鬼一樣渾身白腫的老頭盤腿坐在爐旁，一雙連眼珠都似發黃腐爛的眼睛憂鬱地朝着我這邊，身旁的舊信件和紙袋堆積如山，說他被埋在紙屑當中也不為過。我站在那裏呆呆地看着這山中怪物，不敢相信這還是個活人。

「真不好意思讓您看到這副樣子……不過，這是咱家的老爺子，您不必害怕，那樣子雖然難看，但實在是不能動彈，所以只好請您忍一忍了。」

先是這麼打了招呼，老婆婆又告訴我們，老爺子患中風多年，終至全身不遂，那堆紙山是各地介紹中風患者養生方法的來信以及各地寄來的治中風病的藥袋。無論是向登山旅客打聽還是去看報紙上的廣告，老爺子總是一個不落地向全國各地尋覓中風療法，求購藥物，然後把這些信件和紙袋一個不丟地放在自己身邊，整天看着它們度日，經年累月，便形成了這舊紙堆積的山。

我垂頭對着地爐，老婆婆的話讓我無言以對。翻山的汽車震動着屋子。雖是秋天，這山頂已是如此之冷，而且不久便會滿山是雪，我不懂這老爺子為何不下山去。爐火旺得讓我頭疼，衣服直冒熱氣。老婆婆出去在跟賣藝的女人說話。

「是嗎？上次帶來的姑娘已長成這樣了？成了大姑娘，您也熬出頭了。長得真好看！女孩子就是長得快呀。」

將近一個小時後，那些巡遊藝人傳來出發的動靜，此時的我雖靜不下心，卻只是心旌搖曳而沒有起身的勇氣。她們雖說慣於走南闖北，但畢竟都是女人，我即便落後一二十町[2]的路程，一陣小跑便可攆上的。心雖這樣想，人在爐旁卻是焦躁不安。身邊雖然沒了舞娘，胡思亂想反倒脫了韁似地亂蹦亂跳。老婆婆送走她們回來，我便問道：

「那些藝人今晚住在哪裏？」

「哪知道他們那些人住哪裏呢，少爺。哪裏有觀客，他們就住哪裏，今晚的住

2　町：日制長度單位，約合一百零九米。

處哪有一定呢。」

老婆婆的話中帶着輕蔑。既然如此，今晚就讓她住我的房間——老婆婆的話燃起了我的希望，以致產生了這樣的念頭。

雨小了，山峰漸漸變得清晰起來。店主不住地留我，說再等十分鐘就能大晴，我卻坐立不安。

「老爺子，多保重吧，天要冷了。」我真心實意對他說道。老爺子吃力地轉了轉黃濁的眼珠，微微點了點頭。

「少爺，少爺……」老婆婆叫着追了上來，「讓您這麼破費，真是罪過呀。實在不好意思。」

她邊說邊抱着我的書包不肯鬆手，不管我怎麼拒絕，她執意要送我一程。顫顫巍巍地跟我走了一町之遠，嘴裏不斷重複同樣的話：

「罪過呀，太怠慢您了。我記住您的樣子了，下次您路過時再好好謝您，您一定要再來喲，我不會忘了您的。」

我只不過留下了一枚五角錢銀幣，她便驚歉交加、涕泗橫流，我卻因想快快攆上舞娘，就難免覺得她的蹣跚步履礙事。我們終於到了山頂隧道。

「十分感謝。老爺子一人在家，您還是回去吧。」

聽我這麼說，老婆婆總算放開了我的書包。

一進黑暗的隧道，冰涼的水珠滴滴答答地落下，通往南伊豆的出口在前方露出一小點亮光。

二

出了隧道口，山路像閃電般蜿蜒而下，路的一側是塗了白漆的柵欄。遠望過去，像是一幅模型圖景，山腳處可見那行藝人的身影。走了不到六町遠我就趕上了她們，但又不能突然放緩腳步，於是便故作冷淡狀從她們身邊超過。那個獨自走在前面十間[3]遠的男人看見我便停下了腳步說：

「您走得挺快。天已大晴了。」

我放鬆下來，開始與他並排而行。他不斷地問我各種各樣的問題。看見咱倆聊了起來，那幾個女藝人也紛紛跑了上來。

那個男人扛着個大柳條包，四十歲的女人抱着個小狗，年齡最大的姑娘拿着布包袱，另一個姑娘拿着柳條包，各自都帶着大東西，那舞娘則背着大鼓和鼓架。四十歲的女人也有一搭沒一搭地與我攀談。

3　間：日制長度單位，約合一點八一八米。

「是高中生呢。」年齡最大的姑娘對舞娘嘀咕道，見我回頭，就笑着說，「沒錯吧？這點事我還是知道的，學生上島來玩。」

他們是大島的波伏港[4]人，春天出島後就一直在外漂泊。天冷了，他們出來時沒做好過冬的準備，所以準備在下田呆十來天後就從伊東溫泉回島。聽她們說到大島，我越發感到了詩意，又去望舞娘那頭美髮，並問了許多大島的事。

「好多學生來游泳。」舞娘對女伴們說。

「是在夏天嗎？」

見我回頭去問，她慌了神，小聲說：

「冬天也……」

「冬天？」

她還是笑嘻嘻地看着女伴。

「冬天也游泳？」

我又重複一遍，她臉紅了，表情非常認真地點了點頭。

4 波伏港：伊豆大島東南部的村子。

「這個傻姑娘。」四十女笑了。

到湯野還需沿着河津川的溪谷走三里多下山路。翻過山頭，連大山和天空的顏色都給人一種南國的感覺。我跟那男的不斷地說話，已經混得很熟。經過荻乘和梨本這些小的村落，已可看見湯野山麓那些草屋頂時，我鼓起勇氣提出想跟他一起走到下田，他非常高興。

四十女在湯野的小旅社前做出了告別的表情時，他說：

「這位想跟着一起走。」

「好呀，好呀。旅途的伴侶，世間的情誼。咱們這樣無足輕重的人，也還是能給您解解悶的。進來歇歇吧。」

四十女毫不見外地答道。三個姑娘同時默默地看着我，毫不顯得意外，又有點羞澀。

我跟她們一起上旅社二樓放下行李。榻榻米和紙隔扇門都陳舊而乾淨。舞娘從樓下端了茶來，在我面前一坐，滿臉通紅，雙手發抖，眼看茶碗要從茶盤上滑落，她忙將茶盤放在榻榻米上，茶水已經潑出。她那過於羞赧的樣子讓我不知所措。

「哎呀！討厭。這孩子動了春心，這可怎麼是好……」

四十女像是驚訝之極，皺着眉把抹布扔了過來。舞娘撿起後窘迫地去抹榻榻米。

我因這令人意外的話而猛地反省自己，覺得被山頂那老婆婆燃起的妄念突然破碎。

正在此時，四十女說：

「學生娃身上的藏青碎花布真好看。」說着不停地用眼瞅我，又反覆跟旁邊的女人確認道，「這碎花跟民次的衣服一樣，是嗎，是的吧，不是一樣的嗎？」然後對我說，「在老家留下了一個上學的孩子，剛剛想起他了，你這藏青碎花布跟他的一樣。最近藏青碎花布也貴得讓人買不起了。」

「在哪裏的學校？」

「普通小學的五年級。」

「哦，普通小學五年級可是……」

「他在甲府的學校上學，雖然常住大島，老家卻是甲斐的甲府。」

歇了一小時後，那男的帶我去另一家溫泉旅館。此前我還一直以為自己會跟這些藝人住在同一家小旅社。我們從街上沿着石子路和石階往下走了一町左右，過了小河邊一家公共浴室側面的橋，橋對面就是溫泉旅館的庭院。

剛在旅館內的溫泉泡澡，那個男的便跟着進來，告訴我説他二十四歲，老婆曾兩次流產早產，孩子都沒留住。因他穿着印有長岡溫泉店號的外衣，我便以為他是長岡人，再加他的長相和談吐都相當有文化的樣子，所以我想像他是因為好奇或喜歡上了藝人的女孩，於是跟着一起過來，順便幫着拿行李。

泡完澡後我接着就吃午飯。早晨八點從湯島出發，這時還不到三點。

那男人臨回去時從庭院抬頭看着我打招呼。

「你用這買點柿子啥的，我就不下樓送你了。」

我説着用紙包了些錢扔下去，他本拔腿要走，不想去拿，但因紙包落在地上，便又返身拾起説：

「您這樣可不行。」

説着就往上扔，錢卻落在了草屋頂上，我又扔了一次，他便拿着離去。

傍晚起雨下大了，群山的樣子都一片白濛濛的難辨遠近，房前的小河眼看變得黃濁，水流聲也變大。如此大雨，那些藝人大概不會過來演出了，這個念頭令我坐立不安，連着去溫泉泡了兩三次。我的房間光線幽暗，與鄰室之間的紙隔扇門被裁出一個四方形的缺口，缺口處的橫樑上吊下一盞電燈，供兩室兼用。

在嘩嘩的雨聲中遠遠地響起輕微的「咚咚」鼓聲，我迫不及待地打開雨窗探出身子。鼓聲好像越來越近，風夾着雨點敲打着我的腦袋，我閉目側耳靜聽，試圖辨識鼓聲來自何方，如何向這裏走來。不久傳來三弦琴的聲音，還有女人拖得長長的叫聲和熱鬧的笑聲，於是我知道這些藝人被招到小旅社對門的餐館去賣藝了，並且聽得出有兩三個女人和三四個男人在那裏。我等着那邊結束後他們會轉到這邊來，但那邊的酒宴似乎已越過了熱鬧的階段而變得胡鬧了，女人的尖叫聲不時地像閃電般劃破夜色傳來，刺激着我的神經，讓我一直開着窗子呆坐，每當聽到鼓聲，我的心間就霍地一亮，覺得她還坐在宴席上敲鼓；而鼓聲一停，我就坐立不安，覺得自己沉入了雨聲的深處。

後來有一陣子響起了雜亂的腳步聲，不知他們是在追逐嬉鬧還是轉圈跳舞，然後又突然恢復平靜。我睜大眼睛，企圖透過黑暗去看穿這寂靜是怎麼回事，心中煩亂地擔心着她今夜會否遭到玷污。

我關了雨窗上床，心中卻備受煎熬，於是又去泡澡，焦躁地攪弄着浴池中的熱水。雨停後月亮出來，被雨沖洗後的秋夜顯得分外清冽。我赤腳走出浴池，卻又覺得無處可去、無計可施。此時已過半夜兩點。

三

翌晨九點過後，那個男的已經來到我的住處，剛起床的我叫他一起去泡澡。南伊豆的小陽春風和日麗、萬里無雲，漲水了的小河在浴池下方曬着暖洋洋的陽光，我自己也覺昨夜的煩惱如夢一場。我試着問那男的：

「昨晚鬧到挺晚的吧？」

「怎麼，您聽到了？」

「當然聽到了。」

「都是當地人。當地人只知胡鬧，真沒意思。」

他的態度十分不以為然，我便無話了。

「那些家伙到對面的溫泉來了。您瞧，他們在笑呢，像是看見咱們了。」

我順着他的所指去看河對面的公用浴池，水汽中七八條裸體依稀可見。

突然覺得有個裸身女子從昏暗的浴室跑了出來，站在更衣處的頂端做出要往河岸跳下去的姿勢，雙臂伸展，嘴裏在叫喊着甚麼。她一絲不掛，身上連塊毛巾都沒有。正是那位舞娘，像小桐樹一樣兩腿筆直。我望着那白晰的裸身，心境如一汪清水，深深吐了口氣後「咯咯」地笑了出來。那就是個孩子，發現我們後高興得光着身子跳到了陽光之下，掂着腳尖展臂呼叫，只有孩子才會這樣。我滿心歡喜，渾身通暢，「咯咯」笑個不停，頭腦如水洗般清澄，微笑始終掛在臉上。

她的頭髮過於豐盛，所以看上去有十七八歲，再加打扮得似妙齡女子，所以讓我產生了極大的誤會。

與那男的回到自己房間後不久，那年齡大些的姑娘就來我們旅館的庭院看菊圃，舞娘這時才走在橋中間，四十女出了公用浴池朝她倆看，舞娘聳了聳肩，做了個笑臉，像是怕捱罵似地快步返回。四十女走到橋上來跟我打招呼：

「您過來玩呀。」

「您過來玩呀。」

年齡大些的姑娘也說了句同樣的話，她們就都回去了。那男的則一直坐到傍晚時分。

晚上，我跟一位做紙類批發生意的行商在下圍棋，旅館院裏突然響起鼓聲。

「過來表演了。」

我說着便要站起身來，那紙商卻還沉浸於勝負之中，用手指點着棋盤說：

「嗯，那種東西沒意思。快，快，該你了，我走這一步了。」

我正心猿意馬之際，藝人們好像已要回去了。那男的在院子裏叫道：

「晚上好！」

我跑到走廊上招手，藝人們在院子裏交頭接耳了一下便轉到玄關這邊，三位女的跟在男的後面依次在走廊上以手支地像藝伎似地行禮問好。此時的棋盤上我已突顯敗跡，便說：

「我已無力回天，認輸了。」

「怎麼會呢？是我處於下風吧，至少也是一盤細棋呀。」

紙商根本不朝藝人那邊看，只顧仔細地數着棋盤上的目，然後越發認真地着子。女藝人們把大鼓和三弦琴歸攏到房間的一角，然後在象棋盤上玩起了五子棋。此時我已輸掉了原本該贏的棋，紙商卻死纏不放地說：

「再來一盤，再來一盤吧。」

我卻只是不置可否地笑着，紙商只好死了心，站起身來。

姑娘們來到棋盤近前。

「今晚還要去哪裏演嗎？」

「是準備還要轉一轉的……」那男的看着她們，「怎麼樣，今晚就到此為止，讓咱們玩玩吧。」

「太好了，太好了！」

「咱們不會捱罵吧？」

「怎麼會呢。反正再走也碰不到客人了。」

於是大家下着五子棋，一直玩到十二點後才走。

舞娘回去以後，我頭腦特別清醒，怎麼也睡不着，便來到走廊試着叫紙商。

那位近六十歲的老爺子應聲從屋裏蹦了出來，精神抖擻地說：

「咱們有言在先，今晚幹個通宵。」

我也重又變得鬥志昂揚。

四

我們約好第二天早上八點從湯野出發。我戴上在公共浴池旁邊買的鴨舌帽，把高中的學生帽塞進書包底，然後往街邊的小旅社去。旅社二樓的紙拉門敞開着，我滿不在乎地上樓一看，那些藝人還在被窩裏，我驚惶失措地站在走廊發楞。

我腳邊的榻榻米上，舞娘滿臉羞紅，猛地用手去遮掩面孔。她與那位年齡排二的姑娘睡在一條被子裏，昨晚的濃妝尚未褪盡，唇和眼角還留着點紅，這頗有情趣的睡姿沁入我的心胸。她睡眼惺忪地翻了個身，用手掩着臉滑出被窩，在走廊上坐下後姿勢優美地鞠了一躬，說了一聲「昨晚多謝了」，讓我站在那裏手足無措。

那個男的與年齡最大的女孩睡在一起，見到此景之前，我絲毫不知他倆是夫妻關係。

「實在抱歉，本打算今天出發的，但今晚好像有場應酬，我們就決定晚一天再走了。您若今天非走不可，咱們還可在下田碰面，我們已定在一家叫甲州屋的旅館住宿，一打聽就知道的。」

四十女從床上半欠起身子說道。我有一種遭拒的感覺。

「您不能明天再走嗎？我不知道她推遲了一天。路上有個伴好，明天一起走吧。」

男人這麼一說，四十女也附和道：

「就這麼着吧，難得有機會在一起的，我們這也太自顧自了，實在不好意思。明天下刀也走。我家寶寶是死在路上的，後天是他去世的七七四十九天，我一直想着要在下田給他做斷七，便急着趕路，要在那天之前到達下田。請容我提個不情之請：咱們這也算是有份奇緣，後天還得請您稍稍祭他一下。」

於是我決定推遲出發，然後下樓等着他們全都起床，一邊在髒兮兮的賬房與旅社的人說話。這時那個男的叫我散步，沿街往南走不多遠有座漂亮的橋，他倚着橋欄杆又談起自己的身世。據說他曾在東京短暫地參加過某新派演劇團體，如今還常常在大島港演戲。他們隨身帶着的布包袱中故意露出刀鞘，像是包袱長了條腿似的，據說就是要在堂會應酬時做出個演戲班子的樣子，而衣裳和鍋碗瓢盆之類的生活用品則都收在柳條箱裏。

「我誤入歧途，結果落魄潦倒，哥哥卻在甲府成功地繼承家業，所以我就成可有可無的人了。」

「我一直以為你是長岡溫泉的人呢。」

「是嗎？那個最大的女孩是我老婆，比你小一歲，今年十九，第二個孩子在旅途中早產，生下一個星期就斷氣了，她自己身體還沒完全恢復。那位大媽是我老婆親媽，跳舞的姑娘是我親妹。」

「哦？你說過有個十四歲的妹妹……」

「就是她。正因是我妹，實在不甘心讓她幹這種營生，但其中又有種種情況。」

他又告訴我自己名叫榮吉，老婆叫千代子，妹妹叫薰，另一個叫百合子的姑娘是雇來的，只有她是出生在大島的。榮吉兩眼盯着河灘，表情十分感傷，幾乎要哭了出來。

回來後看到褪盡脂粉的舞娘正蹲在路旁撫着小狗的腦袋。我說要回自己的旅館，並叫她來玩。她說：

「誒，但一個人……」

「那就跟你哥哥一起來。」

「馬上就去。」

不一會兒榮吉來我旅館了。

「其他人呢？」

「女孩子都怕老媽嘮叨。」

可是我倆剛下了一會五子棋，她們就過了橋，「咚咚咚」地上二樓來了。她們一如既往，恭恭敬敬地行過禮後坐在走廊上猶猶豫豫，然後千代子首先站起身來。

「這是我的房間，你們別客氣，都進來吧。」

玩了個把小時，藝人們去這家旅館的浴池，並不住地叫我一起去，但因有三個年輕女性，我便推說隨後再去。舞娘一會兒就上來傳達千代子的話：

「嫂子說要幫你沖身子。」

我還是沒去泡澡，跟舞娘下起五子棋來。她的棋藝出奇的好，若打擂台，榮吉和其他女孩都會毫無懸念地敗在她手下。我跟一般人下五子棋時都是贏家，跟她下卻很費勁，更無需故意讓着她了，這令我感覺很好。因為兩人獨處，起初她還是離得遠遠地伸手落子，但漸漸就忘乎所以，專心得把身子都要趴到棋盤上，那頭美得不自然的黑髮幾乎碰到了我的胸口。她突然臉一紅，說：

「不好意思，我要捱罵了。」

說着把棋子一扔便奔了出去，原來千代子的母親正站在公用浴池的前面，千代子和百合子也慌忙出了浴池，不敢再來二樓，逃也似地回去了。

這天榮吉仍是在我住處從早玩到傍晚，看似純樸熱情的旅館老闆娘忠告我說：請他那樣的人吃飯不值得。

晚上我去了他們住的小旅社。舞娘正在跟千代子的母親學三弦琴，見到我便停下了手，遭大媽一說又把琴抱了起來，唱歌聲稍大一些時大媽便說：

「明明告訴你不能出聲的。」

榮吉被叫到對門料理店二樓演堂會的房間去了，我能看到他嘴裏在唸着甚麼。

「他在幹嘛？」

「那是……謠曲。」

「謠曲怪怪的。」

「客人是個賣菜的，你給他唱啥他都不懂。」

這時，借住在這家小旅社的一個四十來歲的男性雞販子打開拉門，請姑娘們去吃飯，舞娘和百合子一起拿着筷子去隔壁房間吃他剩下的雞肉火鍋。她們吃完一起起身來我房間時，雞販子輕輕拍了拍舞娘的肩，千代子的媽媽擺下臉來說：

「喂，別碰這孩子，她還是黃花閨女呢。」

姑娘嘴裏叫着「大叔、大叔」，一面央求他給自己讀《水戶黃門漫遊記》[5]，但雞販子立即起身離去了。她似乎是不便直接請我繼續把故事讀下去，於是想讓千代子的媽媽出面求我。我心懷一種期待拿起了通俗讀本，她果然立即就向我這邊靠來。我剛開口讀，她便表情認真地把臉湊近，幾乎要碰到了我的肩膀，兩眼發亮，一眨不眨地緊盯我的額頭。這大概是她聽人讀書時的習慣，剛才我看到她也是幾乎與雞販子把臉碰到一起了。她的最美之處是這雙黑瞳閃光的大眼，雙眼皮的線條美得無以言表，還有她那鮮花般的笑容，「笑得像花一樣」這句話用在她身上是最貼切的了。

過了一會，料理店的女傭過來接她過去，她換好衣服後對我說：

「我馬上就回來，您等一會兒再讀給我聽。」然後在走廊以手支地施禮說，「我走了。」

---

5 《水戶黃門漫遊記》：以德川光國為主人公的日本歷史傳說，曾被編為小說、影視等各種形式的文藝作品。

大媽囑咐她絕不可唱歌，她提着大鼓輕輕點了點頭。大媽回頭對我說：

「她現在正在變聲。」

舞娘端坐在料理店的二樓打鼓，她的背影如在我的近前，鼓聲在我的心間歡快地躍動。

「鼓聲一響，滿屋的氣氛就起來了。」

大媽說。她也看着街對面。

千代子和百合子也都過去了。

個把小時後，四人一起回來了。

「只有這點……」舞娘把握在拳頭裏的五毛硬幣嘩啦啦地倒到大媽手中。

我又讀了一會《水戶黃門漫遊記》，他們又談起了那死在路上的孩子，聽說那孩子生下時渾身像水一樣透明，連哭泣的力氣都沒有，但還是活了一個星期。

我對他們既無獵奇之心，亦無輕蔑之意，忘記了他們屬於江湖藝人之類。我這種出於平常心的善意似乎也漸漸沁入了他們的心間。總有一天我一定會去他們在大島的家裏的。

「可以到老爺子住的屋子，那裏寬敞，要是把老爺子趕出去就很安靜，所以住多久都沒問題，在裏面讀書也行。」他們相互商量後對我說，「我們有兩處小房子，山上的房子很亮堂。」

我們還相約：新年時我去幫忙，一起在波浮港演戲。

我漸漸明白，他們的旅途感受並非如我最初想像的那樣盡是艱辛，而是不失野趣，正因都是母女兄妹，便讓人感受到相互之間都各自有着一種親情的羈絆，唯有雇來的百合子，也許是正處害羞的年歲，在我面前總是沉默不語。

半夜過後我離開小旅社，姑娘們出來送我。舞娘幫我擺正了木屐讓我換鞋，她把頭探出門外去看明亮的天空，說：

「啊，月亮！明天去下田，真開心。給寶寶做斷七，讓大媽給我買梳子，還有各種各樣好玩的，帶我去看電影吧。」

這些江湖藝人遊走於伊豆相模的溫泉等場所，下田港對他們來說，就像旅途天空下的故鄉一樣洋溢着親切的氛圍。

五

藝人們各自帶着像翻越天城山時一樣的行李，小狗的前腳搭在大媽的臂彎上，一副習慣旅行的樣子。出了湯野便又進山，大海上空的朝陽溫暖着山腹。我們朝着朝陽眺望，一片灘地沿着河津川在陽光下展開。

「那是大島吧？」

「已經看得那麼清楚了，快走呀。」舞娘說道。

也許因為秋日的天空過於晴朗，陽光下的海面似春天般雲蒸霞蔚。從這裏到下田還需步行五日里路。剛過一會，大海已看不見，千代子悠然自得地唱起歌來。

他們問我是走翻山小道——路較難走，但可少走二十町——還是走好走的正路，我自然是選了近路。

那是一條險峻的樹下路，滿地的落葉讓腳下打滑。我走得氣喘吁吁，卻反而因此豁出去了，用手掌支着膝頭加快了腳步。眼看他們一行落在了我的身後，只聽見說話聲從樹叢中傳來。舞娘一個人高高地提着和服下襬，疾步隨我而來。她與我始終不近也不遠地保持着一間的距離，每當我回頭跟她說話，她便一驚，微笑着停下腳步與我作答。她跟我搭話時，我就站住，等她跟上來，她便也停下腳步，直到我重新往前走她才邁步。路彎彎曲曲，到了一段越發險峻的地段，我的腳步也越發加快，她則一如既往地在我身後一間的距離專心攀爬。山間靜謐，其他人越落越後，連說話聲也聽不見了。

「您家住在東京的哪裏？」

「不，我住在學校的宿舍。」

「我知道東京，櫻花季節去跳過舞——那時還小，啥也不記得了。」

然後她又問我有沒有父親，去沒去過甲府等等，零零碎碎地提出各種各樣的問題，還談到死去的寶寶以及到了下田後看電影的事情。

到了山頂，她把大鼓放在枯草叢中的凳子上，用手帕擦汗。她正要撣去自己腳上的塵土時，突然又在我的腳邊蹲下，給我的裙褲下襬撣塵。我連忙縮回身子，她撲通一下雙膝着地，彎着腰把我身上衣服前後拍打了一圈，然後放下原先捲起的衣襬，對站着喘粗氣的我說：

「您坐下。」

一群小鳥朝凳子近旁飛來，四周一片寂靜，連小鳥所停樹枝上枯葉的瑟瑟聲響都清晰可聞。

「幹嘛走那麼快？」

她看上去很熱。我用手指嘣嘣地敲了敲鼓，鳥兒立刻飛走。

「我想喝水。」

「我去找找。」

可是沒過一會她就從發黃的雜木林間空手而歸。

「你在大島時做些甚麼？」

於是她就沒頭沒腦地報出兩三個女人的名字，開始跟我說些我不知來由的話，好像都非大島而是甲府的事情，是她讀過兩年的小學裏的同學的事情，她想到哪兒就說到哪兒。

等了十分鐘左右，另外三個年輕人到了山頂，大媽又過了十分鐘才到。下山時我和榮吉故意落在後面邊走邊聊。走了兩町左右路程，舞娘從下面跑來說：

「這下面有泉水，我們都等在那裏沒喝，請你倆趕快下來。」

聽説有水，我便跑了起來。樹蔭下的岩石間有清水湧出，她們都圍在泉邊站着，大媽説：

「來，您先喝吧。手伸進去會把水弄渾的，跟在女人後面就得喝髒水了。」

我用手掬起涼水來喝，她們擠出毛巾的汗水，不願離開泉水。

下了這山便是下田的街道，有幾處冒着燒炭的煙。我們坐在路旁的木料上休息，舞娘蹲在路上用桃色的梳子梳理小狗的長毛。大媽訓斥她説：

「梳齒不會斷嗎？」

「沒關係，到下田買新的。」

在湯野的時候我就一直想向她討要這把插在前髮上的梳子，所以也覺得不該用來梳狗毛。

見到路對面有很多竹叢，我和榮吉一面説着正好能用作手杖，一面就先行出發了。舞娘跑步追了上來，手裏拿着一根比她還高的竹子。

榮吉問她幹嘛，她有點局促地把竹子杵到我面前説：

「給您當枴杖，我拔了一根最粗的來。」

「不行。粗的竹子一看就知道是偷來的，被人發現就糟了，趕緊去還給人家。」

姑娘又返回竹叢處，再跑過來時給了我一根中指般粗細的竹子，然後就像被人推了一把似地倒在田埂上，喘着粗氣等其他女伴。

我和榮吉始終領先她們五六間的距離。

「只要把這牙拔了再裝金牙，那就沒任何問題了。」

舞娘的聲音突然傳進我的耳朵，於是我回頭一看，她與千代子並排走着，大媽與百合子稍落後於她們。她們似乎並沒注意到我在回頭，千代子說：

「這倒也是，你就這麼告訴他吧。」

她們好像是在議論我，大概是千代子說到我的牙齒長得不齊，舞娘就提到了金牙。雖似在議論長相，但我並不難受，也不至於要豎起耳朵去聽，倒是有種親切的感覺。她倆壓低聲音說了一陣後，我聽到舞娘說：

「是個好人。」

「是吧，人好像不錯。」

「真的是個好人，好人就是好人。」

這種斷論帶着單純、坦率的底韻，那聲音讓人感受到她那種不經意間投射其中的天真的情感傾向，讓我也不由自主地自認為是個好人。我帶着舒暢的心情舉目眺望明麗的群山，眼裏微微作痛。二十歲的我曾不斷嚴苛地反省自己的孤兒根性造成了性格的扭曲，我因不堪這種令人窒息的憂鬱而走上伊豆之旅，能被人認作世間尋常意義的好人，對我來說因此是一種難以言表的慶幸。群山的明麗是因為離下田的海面很近。我揮舞着先前的那枝竹杖去切削秋草的草頭。

途中有許多村子的入口都豎着告示牌：

乞討藝人不得進村

六

進了下田北口便是那家名為「甲州屋」的小旅社。我跟在藝人們後面上了閣樓般的二樓，這裏沒有天花板，往臨街的窗邊一坐，頭便碰到了屋頂。

「肩膀不疼吧？」大媽一再追問舞娘，「手不疼吧？」

姑娘做出打鼓時的漂亮手勢給她看：

「不疼，能敲，能敲。」

「那就好。」

我提起鼓試了一下重量，說：

「啊呀，挺重的。」

「那是比你想像中的重，比你的書包重。」

姑娘笑了。

藝人們跟投宿這家旅社的客人們談得熱火，他們也都是一些藝人、商販之類，下田港似乎就是這種候鳥的巢。舞娘不住地給進這房間來的孩子分發硬幣。我正要離開甲州屋時，她搶先跑到玄關幫我把木屐放齊，嘴裏還自言自語似地咕噥了一句：

「帶我去看電影喲。」

被一個二流子似的男人領到半路，然後我和榮吉去了一家據說是前町長開的旅館，泡過澡後跟榮吉一起吃了一頓鮮魚做的中飯。

「你用這錢買點明天法事用的花幫我供上。」

我說着包了一點點錢讓榮吉帶回去。我明天早上必須乘船回東京了，旅費已經花光，我以學校的要求為由，他們也就不好強留我了。

中飯後不到三小時便又吃完了晚飯，我獨自去下田北，過橋後登上下田富士山眺望海港，回來時路過甲州屋一看，他們正在吃雞肉火鍋。

「來少吃一點吧。雖已被女人的筷子弄髒了，日後還是可以當笑話講的。」

大媽從行李中拿出碗筷讓百合子去洗過。

大家重又說起明天要給孩子做「斷九」，勸我至少推遲一天再走，我則以學校為由拒絕。大媽反覆地說：

「那就寒假時我們去接船，你把要來的日子通知我們，我們等你。我們不去旅館找你，直接去接你的船。」

等到屋裏只剩下千代子和百合子時，我約她倆去看電影，千代子捂着肚子讓我看：

「我身體不舒服，走了那麼多路，受不了了。」

她臉色蒼白地癱軟在那裏，百合子則表情緊張地低頭不語。舞娘正在樓下和投宿的孩子玩耍，一見我便纏着大媽，央求讓她去看電影，卻又垂頭喪氣地回到我這裏幫我重新擺好木屐，一副魂不守舍的樣子。

「怎麼啦，帶一個人去總可以吧？」

榮吉插話了，但大媽好像還是不允。我實在不明白為何一人就不可以。我走出玄關時舞娘在撫弄小狗的頭，那副冷淡的表情讓我難以跟她搭話，似乎連抬頭看我一眼的氣力都沒有了。

我獨自去看電影，女講解員在小燈泡下讀着劇情介紹。我隨即出來回了旅館，把肘子支在窗台上久久地眺望外面的夜景。外面一片黑暗，我覺得遠處似乎不斷地傳來輕微的鼓聲，泪水沒來由地潸然而下。

七

出發那天早晨，我七點鐘在吃早飯時，榮吉在路上叫我。他一絲不茍地穿着印有黑色家徽的和服，似乎是為我送行而穿的禮服。女人們都沒露面，我立刻心生清寂之感。榮吉進了房間來說：

「她們也都想來送您，只因昨晚睡得太晚而起不來，請您多多包涵。她們說冬天等您，請您務必要來。」

街上秋天早晨的風挺涼，榮吉在途中為我買了柿子和四盒敷島牌香煙，還有一種「薰」牌口腔清新劑。

「我妹妹名叫薰。」他微笑着說，「船上吃橘子不好，柿子對暈船有好處，所以可以吃。」

「我把這給你吧。」

我脫下鴨舌帽戴在榮吉頭上，然後從書包裏拿出學生帽來拉平褶皺。這時我倆都笑了。

走近登船處時，舞娘蹲在海邊的身影飛進了我的心間，她一動不動，直到我們走到她身邊時才默默地點點頭。昨晚未卸的妝容讓我益發動了感情，眼角的胭脂紅給人嗔怒的感覺，為她的面容增添了一種稚嫩的嚴肅。榮吉說道：

「其他人也來了嗎？」

她搖搖頭。

「都還在睡覺吧？」

她點點頭。

榮吉去買輪船票和駁船票時我跟她說了很多話，她只是一言不發地低頭凝望內河入海處，每每在我一句話沒說完時就不住點頭。

「阿婆，這個人不錯。」這時一個小工模樣的男子走近來說，「學生哥，您是去東京吧？見您挺可靠的，所以拜託您了，能把這位阿婆帶到東京去嗎？阿婆挺可憐的，兒子本來在蓮台寺的銀礦打工，遇上這次的流行性感冒，兒子和媳婦都死了，留下三個孫子孫女，實在是走投無路，我們商量還是讓她回老家去。老家在水戶，阿婆啥都不懂，所以到了靈岸島後就讓她乘去上野的電車。給您添麻煩了，我們都合掌求您了，請您看看她這樣子，也會覺得可憐吧？」

阿婆呆呆地站着，背上綁着一個繈褓中的孩子，左右手分別牽着一個女孩，小的三歲左右，大的五歲左右，髒兮兮的布包袱中露出大飯糰和梅乾。五六個礦工在安慰着阿婆。我爽快地答應照顧阿婆，礦工們便七嘴八舌地跟我打招呼：

「拜託了！」

「謝了。我們本該把她送到水戶的，但連這都做不到了。」

駁船晃得厲害，舞娘仍是緊閉雙唇盯着一個方向。我去抓住繩梯上輪船時回頭想跟她說聲再見，卻也還是沒說出口，只是又一次朝她點了點頭。駁船往回開了，榮吉在駁船上不斷地揮舞着我剛給他的鴨舌帽，直到駁船遠去了之後舞娘才開始揮舞起一樣白色的東西。

輪船從下田出海後，我就倚着欄杆注視着大海那邊的大島，直到伊豆半島的南端在我的身後消失。我覺得與舞娘的告別似乎已是久遠之事。不知阿婆的情況如何，我便去看了一下船艙，發現她已被很多人圍着，大家好像都在安慰她，我於是放心地進了隔壁的船艙。相模灘上風急浪高，坐着時人就左晃右倒，船員給大家分發了小金屬盆，我枕着書包躺了下來，腦中一片空白，已無時間的概念，泪水撲簌簌地流到書包上，直至枕得面頰冰涼，便又把書包翻了個面。我的旁邊躺着一個少年，是河津的工廠主的兒子，去東京準備上學，所以好像對戴着一高[6]學生帽的我心懷好感，稍作交談後便問：

「您有啥不幸的事嗎？」

「沒有。我是剛與人告別來着。」

我的回答非常直接，並不在乎被他看見自己在哭。我心無旁念，好像就在一種神清氣爽的滿足感中平靜地睡着了。

不知暮色是何時降臨大海的，卻已發現網代和熱海都已亮燈。我飢寒交迫，少年為我打開竹包，我吃着其中的海苔卷和壽司之類，似乎忘了那是別人的東西，吃完便鑽進了那少年的學生式斗篷。我不管得他何等親切相待，總以一種十分理所當然的態度受之不卻，自己則處於一種美好而又漠然的心境之中。明天一大早我就要帶着阿婆去上野站，給她買好去水戶的車票，這在我看來也是極為順理成章的事情，所有的一切都讓我感到已融為一體。

6 一高：舊制東京第一高等學校，為日本最早設立的公立舊制高等學校。曾為東京大學的預科學校，也是現東京大學教養學部、千葉大學醫學部和藥學部的前身。

船艙熄燈了，船上堆積的鮮魚和潮水的氣味越來越濃。在一片黑暗中，我受着少年體溫的溫暖，任憑自己的眼泪溢出，腦中變成一片澄澈的清水滴滴答答地滴落，然後便是一片空白，只留下一番甘美的欣快。

雪國

葉宗敏／譯

穿過縣境的長長隧道[1]，便是雪國了。夜空的底端已經泛白。火車在信號站停下。

一位姑娘從對面的座位上站起來，打開了島村前面的玻璃窗。冰雪的寒氣流灌進來。姑娘將身子探出窗口，像是在向遠處呼喚：

「站長！站長！」

手拎提燈、踏雪緩步而來的那位漢子，圍巾一直裹到鼻子上，帽子上的毛皮拽低到耳邊。

竟然這麼冷了！島村眺望着外面，但見一片棚屋蕭索地散落在山腳下，像是鐵路員工的宿舍，雪色尚未延伸到那裏，便被黑暗吞噬了。

「站長，是我，您好！」

「啊，原來是葉子！回家的嗎？天氣又冷嘍！」

「聽説讓我弟弟到這裏上班了，給您添麻煩啦！」

---

1 縣境的漫長隧道：即位於群馬縣和新潟縣交界的清水隧道。全長九百七十米，峻工於一九二二年八月。作品的舞台背景是新潟縣湯澤溫泉的高半旅館。川端康成於一九三四年六月初訪此地。

「待在這種地方，如今會感到寂寞吧。年紀輕輕的，也怪可憐的。」

「他還是一個孩子，所以要請站長多多調教，讓您費心啦。」

「好的。他幹得挺賣力。很快就要忙了。去年的雪下得好大呀。還常鬧雪崩，火車拋錨了，村裏也跟着忙，前去送湯送飯哩！」

「站長，您好像穿得很厚。我弟弟來信説，似乎連坎肩還沒上身呢。」

「我穿了四層衣服。小夥子們天一冷就知道喝酒，現在個個都躺倒了，患感冒啦！」

站長朝宿舍那邊揚了揚手上的燈。

「我弟弟也喝酒嗎？」

「他倒沒有。」

「站長準備回家了嗎？」

「我受了傷，每天得去醫院治療。」

「啊，真糟糕！」

和服外面罩着外套的站長，彷彿很想結束站在寒風中的對話，便一邊掉轉身子一邊説：「好了，你多保重。」

「站長，我弟弟今天沒有出來嗎？」葉子的眼光在雪地上探尋着説，「站長，請您多關照我弟弟，拜託啦！」

那悠揚的嗓音近乎悲悽。嘹亮的尾聲裊裊不絕，猶如從黑夜白雪中婉轉盪迴。

火車開動之後，她的上身還不肯從窗口縮回。待火車趕上沿着鐵軌行走的站長時，她又喊道：

「站長，請您轉告我弟弟，讓他下次休息時回趟家！」

「好哇！」站長提高嗓門應道。

葉子關上窗子，雙手捂住凍紅了的臉頰。

縣境的山上，備有三輛除雪車，等待着雪季的來臨。從隧道的南北兩端，聯通了電控雪崩警報線。這裏備有總計五千名的除雪工，並安排好兩千名可隨時出動的消防隊青年團。

島村得知這位葉子姑娘的弟弟從今年冬天起，就在這即將覆壓在雪中的鐵路信號站上班，便越發增強了對她的興趣。

然而，這裏所謂的「姑娘」，是因為在島村眼中如此認為，同行的男人是她的甚麼人，島村自然無從得知。他們兩人的舉止貌似夫妻，但男的明顯是位病人。

若是陪護病人，男女界限便自然而然模糊起來，越是照顧得殷切，就越像夫妻。實際上，倘若女人服侍比自己年長的男子，舉止又表現得如年輕媽媽一樣，遠看上去的確會被認為是夫妻。

島村將她一個人單獨剝離出來，從她姿態的感覺上，便武斷地認定她是未婚姑娘，僅此而已。也許是他用奇異的眼光對那位姑娘注視過久，結果徒然為自己增添了不少感傷。

三個小時前，島村無聊得把左手食指變換花樣地活動着，並呆望着這根手指，覺得唯有它活生生地銘記着就要去會晤的女人。越是急於清晰地追憶起來，越是了無頭緒，反而更加昏昧茫然了。在那虛浮的記憶中，唯獨這根指頭至今仍殘留着女人的觸覺，猶如要把自己拽到遠方的女人那裏似的。他覺得不可思議，便試着把指頭貼近鼻子聞了聞，可無意間那根指頭竟然在窗玻璃上畫出一條線，而且清晰浮現出女子的一隻眼睛。他驚訝得險些叫出聲來。不過，那只是因為他心馳遠方之故，定神細瞧，甚麼也沒有，映出的卻是對面座位上的女子。窗外夜色低垂，車廂中燈火已亮。因此，窗玻璃便成了鏡子。可暖氣溫熱，玻璃被水蒸氣全濡濕了，所以手指拂拭之前，是沒有那面鏡子的。

只映出姑娘的一隻眼睛，反而顯得異常秀美。島村把臉靠近窗子，匆忙裝出帶着旅愁貪看黃昏景色的神情，用手掌擦了擦玻璃。

姑娘微微探出前胸，專心俯視着躺在面前的男子。她的膀臂在用着力，嚴肅的雙眸一眨不眨，由此可知，她的照拂是多麼認真。男子將頭枕在窗下，蜷曲的雙腿伸向姑娘身旁。這裏是三等車廂。他們並非與島村鄰座，而是坐在前一排的對面座位上，所以側臥着的男子的臉在鏡中只能映出耳朵周邊。

姑娘正好坐在斜對面，所以島村是可以直接看到她的。他們二人剛上車時，姑娘那種冷峻逼人般的美豔，曾使島村驚惶地把視線低垂下來，就在那一刹那，他又看見了那男子緊握姑娘之手的蠟黃手背，所以當島村再要把目光轉向那邊時，便感到不好意思了。

鏡中男子的神情，只有在望着姑娘的胸部時才顯得安詳沉靜。他身子雖然孱弱，但卻散發出恬淡的和諧氛圍。他把圍巾枕在頭下，又將其繞到鼻子下面，正好蓋住嘴巴，然後又往上裹住兩頰，儼然一副保護臉部的裝束。那圍巾鬆落下來，不一會兒就遮住了鼻子。當男子還未及用目光示意的時候，姑娘已溫柔地把它理好了。兩人天真地重複着這個動作，而在另一邊旁觀的島村，卻為這種反反覆覆的舉動着急起來。另外，裹住男子雙腳的外套下襬，也不時鬆開垂落，姑娘也是及時覺察，隨即裹好。這些舉動都十分自然。這樣的情景，不禁令人感到他們倆忘記了所謂的距離，彷彿要奔赴無垠的遠方一般。如此一來，島村並沒因看到他們的悲情而辛酸，反而覺得像在觀賞着夢境中的木偶劇。也許這也是因為這些影像是從奇異的鏡中所映射出來的緣故吧。

鏡子的深處流淌着暮色迷蒙中的景物，也就是說，影像和映出影像的鏡子，像電影中的疊影在活動。登場人物和背景毫無關聯。而且，人物是透明的虛影，風景是朦朧的潛流，二者一邊相互交融，一邊變幻出這塵世中從未出現過的象徵世界。尤其當姑娘臉龐上映出山野間的燈火時，那種無法形容的美，深深地震撼了島村的心靈。

遙遠山巒的上空，仍有一抹淡淡的晚霞，所以透過窗玻璃望出去，還能看見遠景的輪廓。然而，風景的色彩已經完全消失，隨處可見的平淡的山野顯得更趨平淡。正因為沒有甚麼特別惹人注意的，反而使島村湧上了一股莫名其妙的情感洪流。不消說，這是因為姑娘的臉蛋浮現在玻璃窗上之故。黃昏時分的景色，連綿不斷地在窗鏡中的姑娘面影周邊流動，所以姑娘的臉龐彷彿也變得透明了。然而，是不是真的透明呢？接連不斷在臉龐後面流過的暮景，又給人一種從她面前掠過的錯覺，令人無法細究。

車廂內不那麼亮堂，而且鏡子也不如真的那般清晰。沒有反光了，因此，當島村看得入神之後，漸漸地忘卻了鏡子的存在，只覺得姑娘飄浮在流動的蒼茫暮色之中。

這個時候，她的臉中央亮起了燈火。鏡中的映像無力抹掉窗外的燈火。燈火也沒能消除映像。就這樣，燈火從她的臉上流淌而過，但無法使她的面容光亮照人。那是寒冷而又遙遠的光亮。那光亮在姑娘的小小眸子周圍忽閃游離，當眼睛與燈火重疊的那一刹那，她的雙眸便在茫茫暮色的流波中浮現，化作妖豔嬌美的夜光蟲了。

葉子當然不知曉自己正被人如此觀察着。她的心神全放在病人身上了，即使是轉臉望向島村那邊，也看不見映在窗玻璃上自己的身姿，更不會去瞟一眼眺望着窗外的男子。

島村偷看葉子良久，卻忘記了這是對她的非禮之舉，這大概是由於他已被盡顯暮色的鏡子那虛幻之力迷住了吧。

或許，這是她在呼喚站長時，以及現在那種過於認真的表情，使島村產生了極富戲劇性的興趣之故。

火車駛過那個信號站的時候，窗子已經一片黑暗了。流動的風景一消逝，鏡子的魅力也就隨之盪然無存。雖然葉子美麗的臉龐仍然映顯出來，她的舉止依舊溫柔如初，但島村卻在她的身上新發現了一種澄澈的冷峭，故而鏡子模糊了也沒有再擦拭。

隨後，過了半個小時左右，想不到葉子與那位男子也與島村在同一站下了車。島村暗忖，是否又發生了甚麼事？是否與自己有牽連？便回頭瞧了瞧，但一感觸到月台上的寒氣，便突然為自己在火車中的非禮舉動感到難為情，就頭也不回地穿過了火車頭的前面。

當男子抓住葉子的肩膀欲穿過鐵道時，這邊的站台值班員立刻揚起手來阻止了他們。

稍頃，從黑暗中駛來一列長長的貨車，遮住了二人的身影。

旅館來拉客的掌櫃，活像火災現場的消防隊員，過分地裹上了嚴嚴實實的雪裝。他還包住了耳朵，穿上了長筒膠靴。站在候車室從窗口凝望着鐵道方向的女子，也穿着藍色斗篷，戴上了頭巾。

島村的身上還殘留着火車裏的溫暖，尚未感受到真正的寒冷，因他是初次見識雪國之冬，所以當地人的這種裝束便先給了他一個下馬威。

「冷得非得穿成這樣嗎？」

「嘿，冬裝已經全穿上身了。雪後放晴的前一晚特別冷。今天夜裏，現在就已經降到冰點以下了吧。」

「這就冰點以下了？」島村一邊觀望着屋檐上可愛的冰柱，一邊跟旅館掌櫃一同上了汽車。雪色使家家戶戶低矮的屋脊顯得更加低矮，全村如同沉入萬籟俱寂的深淵。

「確實冷，摸甚麼都是冰涼的呀。」

「去年最冷時達到零下二十幾度。」

「雪呢？」

「雪呀，一般是七八尺，雪多的時候，得有一丈二三尺哩。」

「還得下嘍？」

「還得下！這場雪下了有一尺多厚，可都融化得差不多了。」

「這裏也有不積雪的時候啊。」

「不知道甚麼時候還會來場大雪。」

這是十二月初。

島村一直有點感冒而鼻塞，如今一下子通暢了，而且一直通到腦門，鼻涕就像清洗穢物般地不斷滴淌下來。

「老師傅和他家的姑娘還在嗎？」

「哎，還在，還在。她在車站下車的，您沒看見嗎？就是披着深藍色斗篷的。」

「那就是她？——待會兒能叫她來嗎？」

「今天晚上嗎？」

「今天晚上。」

「說是老師傅的兒子坐剛才的末班車回來，她去接站了。」

在黃昏晚景的鏡子中映現出的葉子照顧的病人，就是島村要來相會的女子所寄居人家的兒子。

知道了這些，島村頓時感到彷彿有個甚麼異物穿過了他的心胸，但他對這次邂逅並不覺得怎麼奇怪，反倒認為不感到奇怪的自己不可思議。

島村油然覺得在心頭的某處，手指所感觸的女子，和眼睛裏點着燈火的女子之間，似乎存在着甚麼，或將發生甚麼。大概是他還沒從映出暮色風景的鏡子中清醒過來的緣故吧。他不由喃喃自語：那夜景的流動，原來是象徵着時間的流動呀。

滑雪季節之前的溫泉旅館顧客最少，島村從室內浴池上來時，旅館裏的客人已經全部沉入夢鄉了。在陳舊的走廊上，他每走一步，都會使玻璃門微微作響。在長長走廊盡頭的賬房拐角站着一個女人，她的衣服下襬拖在黝黑光亮的冰冷地板上。

見了那衣服下襬，島村心中一驚：她終究還是出道做了藝伎？但她並沒有走近過來，也沒有彎腰傾身擺出迎客的姿態。遠遠地看着她那紋絲不動的佇立身姿，他感覺她還是很正經的，便加快腳步，默默地站到女子身旁。女人也想在濃妝豔抹的臉龐上浮出微笑，反而呈現出了哭相，所以兩人均未言語，抬步向房間走去。

儘管有過那麼一段往事，但他既不寄封信，也不來會個面，更沒有履行贈送舞蹈造型書的承諾。這種事對女人來說，只會認為那是笑過就忘的吧。按順序講應該由島村先陪個不是、講明緣由甚麼的，可她根本不看他一眼就徑自往前走。他知道她不僅沒有責怪他，反而對他充滿着眷戀，所以他想，如今無論說甚麼，對方只會認為自己不真誠吧，便不由沉浸在被她懾服的甜蜜喜悅之中了。到了樓梯下面，他突然將翹出食指的左拳伸到女子眼前，說道：

「這家伙最記得你哩！」

「是嗎？」女人握住了他的指頭不再放開，兩人就那麼拉着手上了樓梯。

在被爐[2]前放開手時，她的臉頰頓時湧出緋紅色，一直紅到脖子。為了掩飾這窘態，她又慌忙抓起他的手說：

「你說它記得我？」

「不是右手，是這隻手。」他從女人的掌心中抽出右手放進被爐裏，將重新握成拳頭的左手伸了出來。

「啊，我知道呀。」

---

2 被爐：附有取暖裝置的四方形矮桌。有兩層桌板，首層可分離，兩層之間鋪上及地的棉被。天熱時當普通桌子使用，天冷時即點燃取暖裝置。

她滿不在乎地笑着，掰開島村的拳頭，把臉貼在他的手掌上，繼續說：

「是它才記得我嗎？」

「哎呀，冰冷冰冷的！我第一次觸摸這麼冰冷的頭髮。」

「東京還沒有下雪嗎？」

「你那時雖然那麼說，但說的確實不是真心話。要不然，誰會在年底跑到這麼寒冷的地方來呢？」

那個時候——雪崩的危險時期已過，進入了一派新綠的登山季節。

餐桌上也快見不到通草的嫩芽了。

飽食終日的島村成天無所事事，連對大自然和自己都難得坦誠相見，所以他覺得要喚回往日的熱情，最好是置身於山巒之中，於是經常獨自到山裏蹓躂。在縣境的群山中待了七天後，那天晚上他一下山來到這個溫泉浴場，就讓人幫他叫藝伎。然而，旅店女侍說，那天正巧舉行新建公路工程的落成典禮，熱鬧得連村中的繭庫兼劇場也作了宴會的場所。當地總共才有十二三名藝伎，人手本來就不夠，這個時候叫不到藝伎。不過，老師傅家的姑娘即使去宴會幫忙，也只是跳兩三支舞便會回家，說不定能夠把她召來吧。島村又進一步詳詢情況，女侍便解釋道，教三弦和舞蹈的師傅家的姑娘當然不是藝伎，但若遇到大宴會等場合，有時也會應邀前往。這裏又沒有藝伎學徒，大多是不願站着跳舞的半老徐娘，所以小姑娘最為珍貴。雖然她很少單獨到旅館客人的房間去，但也不算一個純粹的黃花閨女了。

島村覺得這解釋不靠譜，就沒當回事，但一個小時後，女侍便帶進來一位女子。他愣了一下，趕緊坐正了身子。女子抓住了準備起身離開的女侍的袖子，要她再坐下來。

女子給他的印象是潔淨得出奇，令人感到連她的足趾內側的凹窩都是純淨的吧。島村甚至懷疑自己的眼睛，難道這是因為自己剛飽覽過群山中的初夏景色的緣故嗎？

她的衣着多少沾些藝伎的風格，不消說，衣服的下襬當然沒有拖在地上，柔軟的單衣倒也穿得很規矩端莊。唯獨衣帶像是高級品，與整體裝扮不相稱，反而令人看得有些礙眼。

女侍趁他們聊起山間話題的時候起身走了，可這女子卻對從這個村裏能看到的山巒的名字都不大清楚，使島村提不起酒興。不過出人意料的是，女子卻率直地訴說自己出生在這個雪國，在東京當舞伎[3]時被人贖身後，原打算將來做個日本舞的師傅立身，但僅過一年半，那個先生便去世了。看起來，從那位先生去世直到今天為止的經歷，恐怕才是她真正的境遇話題吧，但她並未急於坦陳開來。她說她十九歲了。如果她沒有說謊，她這個十九歲的模樣看起來倒像二十一二歲。至此，島村方才感到輕鬆自在，將話題轉向歌舞伎等方面，可這女子比他更清楚演員的藝風及佚事。也許正苦於找不到這類話題的談話對象吧，在津津樂道的當兒，她露出了原是風塵女子的那種隨和大方的氣質。她似乎也很了解男人的心性。即使如此，他從一開始就把她當作良家閨秀看待，再加上一星期來沒有與人隨興交談，所以胸中湧出人際的溫情，而且首先感到對這女子產生了友情。他把山居的感傷移到女子身上來了。

第二天下午，女人把盥洗用具擱在走廊外面，順便到他的房間來玩。

她還沒坐定，島村便突然開口要她介紹藝伎。

---

3 舞伎：尚未夠格的藝伎。

「介紹?」

「這你還不明白嗎?」

「討厭!做夢也想不到你會要我做這種事。」女人沉下臉來站到了窗邊,眺望起縣境的群山。不一會兒卻紅着臉說:

「這裏沒有那種人啊。」

「說謊。」

「真的呀。」她猛地轉過身子,坐到窗台上說,「絕對不可強行索要呀,一切都得聽隨藝伎的意願。旅館方面也一概不予介紹。這可是真的呀。你可以叫人來,直接談談看。」

「那就託你替我叫啦。」

「我為甚麼非要做那種事呢?」

「我是把你當作朋友的。因為想和你交朋友,所以不打你的主意。」

「這就叫朋友嗎?」女子終於冒出這種孩子氣的話來,但隨後又脫口而出,「真了不得,居然要我做那種事。」

「這不是很平常的事嗎?在山上養壯實了,可頭腦卻渾渾沌沌的,就是跟你,也不能神清氣爽地談話哩。」

女人垂下眼瞼，不作聲了。事到如今，島村已把男人的厚顏無恥和盤托出，但女子卻生性通情達理，養成了逆來順受的習慣。她那俯視着的眼睛，因濃黑的睫毛陪襯而顯露出溫柔和媚豔。當島村凝視着她的時候，她的臉蛋輕輕地左右搖了搖，隨後泛起了薄薄的紅暈。

「你去叫個你喜歡的人來。」

「我不就是在問你這個嗎？我初次來這個陌生地方，怎麼知道誰漂亮呢？」

「你是說漂亮的——」

「年輕的就行。年輕的姑娘沒有養成那麼多毛病吧。最好不要嘮嘮叨叨的。帶點傻氣，乾乾淨淨的就行。想聊大的時候，我就找你來喲。」

「我不會再來的。」

「瞎說！」

「哼，真不來啦！我來幹啥?!」

「我想同你清清白白地相處，所以我不挑逗你。」

「真沒見過你這樣的！」

「如果有了那種事，也許明天就不願看到你了，甚至連和你聊天的興致都會失去。我從山上來到鄉村，就是要好好感受人們的純真親熱。我不挑逗你。你要知道，我不就是一個旅客嘛。」

「唉，這倒是真的。」

「是吧！就拿你來說吧，如果我物色到你討厭的女人，以後見面你也會心中不快的。所以說，你幫我挑的姑娘，肯定會好一些嘛。」

「誰知道！」她狠狠地拋了一句，然後轉過臉說，「說得倒也是。」

「要是有了那些事，便一了百了啦。沒情調了，交往也不會持久吧！」

「是的，你說的確實都對。我出生在港口。這裏是溫泉浴場，」女子出人意料地坦言道，「客人多半是來旅行的。我這個人，雖然還是個孩子，但聽到各種各樣的人都這麼說過，覺得內心有好感，當時又沒明說的人，反而令人永遠想念。忘不了啊！分別以後，好像還惦記着。對方有時想起來，寄封信來甚麼的，大多都是這種人。」

女子從窗台上下來，緩柔地坐在在窗下的榻榻米上。從她臉上的表情看，好像是回憶起了遙遠的往日，才急忙挨近島村坐下來的。

女子的聲音洋溢出內心的情愫，倒使島村因如此輕易地欺騙了女子而感到內疚。

然而，他當然沒有說謊。總之，這個女子不是風塵中人。他若要找女人，也不至於求歡於她，自己可以堂堂正正地輕鬆完結這樁事。她過於清純了。從一見面，他就把那種事與她區別開來了。

而且在猶豫去哪一個夏季避暑地的時候，他曾想是否帶着家人到這家溫泉浴場來。倘若如此，正好這女子又是良家姑娘，就讓她當太太的好遊伴，太太無聊時還可以跟她學學舞蹈呢。他是如此認真考慮過的。雖說他對那女子抱着一種純屬友情的心態，但他卻越過了那種程度的淺灘。

當然，這其中也存在着島村觀看黃昏景色的鏡子吧。當今的境遇，是他不光厭煩與曖昧的女子留下後患，或許還存有一種虛幻見解，宛如觀看映在黃昏的火車窗戶玻璃上的女子面容一般。

他對西洋舞蹈的興趣也是如此。島村生長於東京的平民住宅區，自幼就熟悉歌舞伎表演，到了學生時代，他的愛好傾向於舞蹈和歌舞伎之類。由於具有一種對感興趣的事物窮根究底的個性，所以他便去涉獵古代的記錄，還走訪各流派的掌門人，不久又結識了日本舞蹈界的新秀，甚至寫起研究或批評之類的文章來。無論對日本舞蹈界傳統的死氣沉沉，還是對新探索的自以為是，他理所當然地感到強烈不滿，從而激發了一種除非親身投入實際運動，否則別無他途的振奮心情，但當日本舞蹈界的年輕一代邀約他時，他卻突然轉向西洋舞蹈方面去了。從此他全然不看日本舞蹈了，取而代之的是，他開始收集西洋舞蹈的書籍和照片，甚至不辭勞煩地從外國覓求海報或節目單之類的東西。這絕不僅是出於他對外國或未知的好奇。他在這類活動中新發現的喜悅，就在於所見之處不能親眼目睹西洋人的舞蹈。從島村對日本人的西洋舞蹈不屑一顧這一點，就足為明證。對島村來說，沒有比根據西洋印刷物來寫關於西洋舞蹈的文章更輕鬆舒適的了。評介沒有看過的舞蹈之類，可謂是天方夜譚。沒有比這更如紙上談兵的空論，簡直就是天國的詩。雖冠以研究之名，實則為海闊天空的想像。他欣賞的不是舞蹈家活生生的肉體舞動的藝術，而是從西洋的語言文字或照片中所浮現出來的自身空想所舞動的幻影。這猶如愛慕未見過的戀情一般。因為他時常寫些介紹西洋舞蹈的文章，好歹也被視為文人墨客，雖然他也會以此自嘲，但對沒有職業的他來說，也是心理上的一種慰藉。

這種有關日本歌舞的談話，居然成了他吸引女人的助力，可以說這種知識時隔多年才在現實中顯現了實效。可是，也許島村在不知不覺間仍然把女子當成了西洋舞蹈。

所以，當發現那些略帶鄉愁的話語，似乎觸及到了女子生活上的傷痛處時，他便自感欺騙了女子而感到內疚。

「如果這樣相處，即使下次我帶家人來時，也能跟你一起愉快地遊玩了。」

「唉，你說的我已完全懂了。」女子壓低聲音，不禁莞爾，然後以略帶藝伎的神態鬧嚷着，「我也最喜歡那樣，平淡的交情，才能長久呢。」

「所以你得幫我去叫。」

「現在？」

「嗯。」

「真讓我震驚。這麼大當午的，怎麼好開口呢？」

「我不想要別人挑剩的喲。」

「你怎麼說這種話，你錯把這裏當作亂發賣春橫財的溫泉浴場啦！你既然看過村裏的情形，怎麼還不明白？」想不到女子以認真的口吻，再三強調此地絕對沒有那種女人。島村表示懷疑，女人反而更加認真起來，但她終於退讓了一步說，雖說如何接客是藝伎的自由，但若不事前請示業主就外宿，其後果得由藝伎自己負責，業主便甚麼都不管了。如果事先打過招呼的話，則是業主的責任，他要承擔所有後果，區別就是這些。

「你說的責任是甚麼？」

「就是生了孩子，或者得了病這些。」

島村為自己呆頭呆腦的詢問而苦笑，暗想這個鄉村也許真有這種馬虎事吧。

他飽食終日，無所事事，或許自然而然的存心求覓保護色吧，他對旅途中的各地風俗，持有本能的敏感。從山上一下來，立即在這個鄉村質樸的景色中，感受到了恬靜悠閒的氣氛。在旅館一問，果然，即使在這片雪國，這裏也屬生活最安樂的鄉村之一。據說鐵路通車的前幾年，這裏只是農民們的溫泉療養浴場。有藝伎的人家，均掛着褪了色的餐館或紅豆湯舖的門簾。看那煤煙熏黑的老式拉門，難以想到這種地方還會有顧客。還有那些賣日用品的雜貨店或糖果店，也只雇用一個店員，店主們除了開店，還得下田種地。大概因為她是師傅家的姑娘吧，雖然沒有正式執照，時而到宴會之類的活動處幫點忙，藝伎們也沒有說閒話的吧。

「到底有多少人呢？」

「你是說藝伎？大概十二三個吧。」

「哪位好點呢？」島村說着，站起身來按電鈴。

「我可要回去啦。」

「你不能回去呀。」

「討厭！」女子像似一掃屈辱似地說，「我先回去了。沒事兒的，我根本不把你的話擱在心上。我還會再來的。」

然而，她看到女侍來了，便馬上若無其事地端坐下來。叫誰呢？女侍發問好幾次，她始終沒有指名。

不一會兒，來了一位十七八歲的藝伎。一看到她，島村從山上來鄉村時的尋歡慾望即刻煙消雲散了。她那黝黑的胳膊骨瘦如柴，儘管給人的感覺還是天真隨和的。島村竭力掩蓋住掃興的神情，轉臉面朝着藝伎。實際上，使島村不忍移目的是她身後窗外那新綠盡染的群山。他連話都懶得說了。果真是山村藝伎。島村表情漠然，沉默不語，女子似有所覺察，便悄悄起身有意離去，由此就更顯得冷場了。就這樣磨蹭了一個小時，島村正想如何打發藝伎回去時，突然想起了收到的電報匯款單，便藉口要趕在郵局下班前把事辦妥，於是與藝伎一同走出房間。

然而，島村在旅館門廳抬頭仰望，一見充滿濃郁新葉氣味的後山，便像被它吸引住了一樣，拔腿向山上跑去。

也不知道有甚麼好笑的，他獨自大笑不止。覺得有些累了，他才猛然轉身，撩起夏季單衣的後襟，一口氣跑下山來。從他的腳下，飛起兩隻黃色的蝴蝶。

蝴蝶纏綿翩躚，終於飛得比縣界的大山還高，隨之黃色變成了白色，遙遙而去。

「怎麼啦？」

女子正站在杉樹林的樹蔭下。

「你笑得好開心。」

「不幹啦！」島村無端地笑道，「作罷了。」

「是嗎？」

女子陡然轉過身子，緩緩地走進杉樹林。他默默地跟在她後面。

走到神社。女子在薄覆青苔的狛犬石雕[4]旁一塊平整岩石上坐下來。

「這裏最涼快，盛夏都有冷風吹來。」

「這裏的藝伎，都是那樣的嗎？」

「差不多吧。年紀大些的，倒有俊的。」她低着頭漠然說道。她的頸子上，彷彿映出杉樹林的暗淡青綠。

島村仰望着杉樹的樹梢，說：

「現在已經不想要了。彷彿體力一下子都耗盡了，好奇怪呀！」

那杉樹高聳入雲，只有將手向後撐住岩石，連胸膛也要後仰，才能看到樹梢。此外，株株樹幹都直線般地並肩挺拔，幽暗的樹葉遮天蔽日，周遭鴉雀無聲。島村倚靠的那一棵，是其中最老的古木，不知何故，朝北的枝丫一直枯朽到頂，而那殘留的根部，有如倒栽在樹幹上的尖木樁，宛若兇神惡煞的武器。

「是我搞錯了。因為從山上下來首先碰到的是你，我便糊裏糊塗地以為這裏的藝伎一定很漂亮。」島村笑道。直到如今島村才感到，當初想要簡單地滌淨七天

4　狛犬：置於神社、寺院前的石獸，狀如獅子。

在山中積澱的精力，也是因為遇見了這個純淨女子的緣故。

女子凝視着遠處落日餘輝中的河流。此時氣氛有些尷尬。

「啊，我剛才忘了，你的香煙。」女子儘可能用輕鬆的口吻說，「剛才我回房裏一看，你已經不在了。我正想着這到底是怎麼一回事呢，就看你一個人連蹦帶跳地在爬山。我是從窗口看到的，覺得好奇怪哩。看樣子你忘了帶香煙，我就替你拿來了。」

接着，她從袖子中掏出他的香煙，划燃了火柴。

「真對不起她。」

「那有甚麼，還不是要隨客人的意，她甚麼時候回去都無所謂。」

在眾多石塊間奔瀉的山溪，流水聲聽起來圓潤甘美。透過杉樹的空隙，可見對面山脊的皺褶已昏暗下來。

「要是找不到一個能和你媲美的女子，以後再和你見面時，豈不令人遺憾？」

「我才不管呢！你這個人真是死不認輸。」她說話的語氣夾雜着嘲諷和氣憤，但兩人之間卻產生了和叫藝伎之前截然不同的情愫。

島村深知，自己一開始就想要這個女子，只是照例迂迴了一個大圈而已，於是在討厭自己的同時，感到這個女子更加美麗了。從她在杉樹林的樹蔭下叫他之後，油然覺得她有一種超塵拔俗的清泠風姿。

細長高挺的鼻子雖略顯孤單，但那下面嬌小微翹的嘴唇，恰似水蛭美麗的節環，伸縮滑柔，沉默時也彷彿蠕動着。倘若嘴唇起皺或色澤晦暗，一般都會顯得骯髒不潔，但她的嘴唇卻光亮潤澤。她的眼角不翹不垂，雙眼好像故意筆直畫成似的，雖然略顯莫名逗趣，但短小而濃密的眉毛稍稍下彎，恰巧把它們圍護住了。那兩頰微凸的圓臉輪廓雖然平淡，但那猶如在白色陶器上胭脂淡抹的皮膚，還有那清臞不腴的頸項，與其說是漂亮俊美，倒不如說是絕倫的麗質潔淨。

對曾經做過舞伎的女子而言，她略微顯得有點雞胸。

「你看，不知甚麼時候飛來這麼多的蠓蟲。」女子拂了拂衣服的下襬，然後站了起來。

處在持續的寧靜氣氛之中，二人都已顯露出無聊至極的神情了。

當天晚上十點左右吧，女子從走廊大聲喊着島村的名字，只聽啪嗒一聲，就像被扔進來似地闖進了他的房間。她忽地趴倒在炕桌上，醉醺醺地亂抓亂扔桌上的東西，隨後就咕嘟咕嘟地喝水。

她說這個冬天在滑雪場認識了一夥男子，傍晚翻山過來了，見面之後，他們邀她同來旅館，叫了藝伎來盡情狂歡，然後就被他們灌醉了。

她晃着腦袋，一個人胡言亂語一通之後，便站起來說：「不好意思，我得再去一下。他們還以為我怎麼了，一定正在找我。等會兒我再來。」於是又跟跟蹌蹌地走了。

過了將近一個小時，長長的走廊上傳來亂雜的腳步聲，像是東碰西撞、顛顛躓躓地走來的。

「島村先生，島村先生！」她尖着嗓子喊，「啊，怎麼不在？島村先生！」

這無疑是女人赤裸的心靈呼喚自己男人的聲音。島村大感意外。可是，她那尖叫聲一定驚動了整個旅館，島村惶惑地剛站起來，女子就將手指戳破拉門紙，抓住門框，晃晃悠悠地就勢倒在島村身上。

「啊，你在啊！」

女子和他纏在一起坐下來，相互依偎着。

「我沒有醉呀，哼，誰說我醉了？難受，只是感到難受。絕沒失態啊！啊，我想喝水。不能摻着威士忌喝啊。那玩意兒上頭，現在頭痛。那夥人買的便宜貨，我弄不清。」她嘮叨着，不斷用手掌搓臉。

外面的雨聲驟然變激猛了。

手臂稍一鬆懈，女子便癱軟下來。他緊緊地摟着她的脖子，他的臉頰都快把她的髮髻壓散了。他的手伸進了女子的懷裏。

女子對他的要求沒有反應，只是將兩隻胳膊交叉起來，像門閂似地壓住他所希求的部位上，可她已酩酊大醉，根本使不上勁。

「怎麼回事，這玩意兒！畜生！畜生！使不上勁，這玩意兒。」說着，她猛然咬住自己的前臂。

他慌忙掰開她的手臂，但上面已經印上深深的齒痕。

然而，她已任憑他的手掌撫弄，開始寫起人名來。她說寫上自己喜歡的人名給你看，就一連寫了二三十個戲曲和電影演員的名字，接着連寫了無數個「島村」。

島村掌中珍貴的隆起物，漸漸暖熱起來。

「啊，放心了，放心嘍。」他溫和地說着，甚至產生了母愛般的感覺。

女子又突然難受起來，剛掙扎着抬起的身子，一下子又趴倒在房間的對面角落裏。

「不行，不行。我要回去，要回去。」

「不能走啊，外面下着大雨。」

「我赤腳回去，爬着回去。」

「太危險了。非要回去的話，我送你。」

旅館在半山腰上，有一段陡坡。

「鬆鬆衣帶，稍躺一會兒，醒醒酒好嗎？」

「那可不行！就這樣沒事的，我習慣了。」說罷，女子端坐起來，挺起胸膛，但這樣只會使呼吸更困難。她打開窗子想嘔吐，可沒嘔吐出來。她本想揉揉身子，躺下來直直腰，但卻一直咬緊牙根強忍着，時而又強打精神，反覆嚷着要回去。不知不覺已經淩晨兩點多鐘了。

「你去睡。我說，你就去睡呀！」

「那你幹甚麼呢？」

「就這樣。醒醒酒就回去。天亮以前回去。」她跪着爬過來，拉住島村繼續說，「你別管我，你睡你的覺吧。」

島村鑽進被窩，女人便趴在炕桌上喝了口水，說道：「起來，喂，我說你起來嘛。」

「你說，究竟要我幹甚麼？」

「還是睡覺吧。」

「你說甚麼呀！」說罷，島村站起來，把女子拉了過去。

女子本來背過臉避開正面相對，爾後卻突然轉過來用力撅起了嘴唇。

然而，其後她又夢囈般地訴苦：「不行，不行啊。我們只是做個朋友，這不是你說的嗎？」

這句話不知她重複了多少遍。

島村被她那誠摯的反應所打動，面對她那蹙額皺眉、竭力抑制自己的強烈意志，頓感乏味無趣而掃興，心想還是守住對女人的諾言吧。

「我沒有甚麼可以惋惜的呀。我絕不是捨不得喲。可是，我不是那種女人。我不是那種女人哪！這樣絕不能持久，這不是你自己說的嗎？」她已醉成半癱似的了，「不是我不好嘛。是你不好呀。你輸啦。你沒膽量哦！不是我啊！」她說走了嘴，卻又為了掙脫愛慾而咬住了袖子。

她茫然若失，沉默良久，倏地又似想起甚麼，尖聲道：

「你在笑，你在笑我吧？」

「我沒有笑。」

「你準是在心裏笑我，就算現在不笑，肯定以後也會笑我的。」女子說着，便低頭抽泣起來。

但她旋即止住哭泣，溫柔地依偎上去，親密地將自己的身世娓娓道出。她好像已把酒醉的痛苦忘得一乾二淨，隻字不提剛剛發生的事。

「哎喲，只顧聊天，一點兒也沒注意到時間啊。」她臉色泛起紅暈，微微笑道。她說，必須要在天亮以前回去——

「天還沒亮。這一帶的人起得很早。」她好幾次站起來，開窗探看外面，「還不見人影。今天早上下雨，所以都不下田。」

對面的山巒以及山腳處的房舍屋頂已在細雨中浮現出來，可她仍不捨得離開。不過，她在旅館裏的人起床前梳理好了，島村想送她到大門口，可她生怕別人看到，就慌忙逃也似地獨自溜走了。島村也是那天返回東京的。

「你那時雖然那麼說，但說的確實不是真心話。要不然，誰會在年底跑到這麼寒冷的地方來呢？我後來也沒有笑你呀。」

女子倏地抬起頭來，從她剛才貼壓在島村手掌上的眼瞼，一直到鼻子兩側的面頰都留下了緋紅印痕，並透過濃厚的脂粉顯露出來。縱然這會促使他們想起這個雪國之夜的寒冷，但她的秀髮烏黑烏黑，又令人感到暖意。

她臉上浮現出光彩奪目的莞爾一笑，是因她也想起「那個時候」了？但更似島村的話語漸漸浸染了她的身子。當她氣惱地低下頭時，後領翹立起來，可以一直看到她脊背泛起的紅暈，猶如袒露出生機勃勃的潤澤裸體一般。也許因為頭髮的顏色與之相襯，更會令人如此聯想吧。劉海不是纖細濃密型，那髮絲倒像男人的那樣粗，且無一根雜亂的毫髮，發出黑色礦物般的凝重光澤。

剛才伸手觸摸一下，島村第一次摸到如此冰冷的頭髮，感到很驚訝，便以為這不是天氣寒冷的緣故，而是她的髮質就是如此。島村不禁重新又打量她一眼，發現女子開始在被爐桌板上掰着手指頭數數，而且數個不停。

「你在算甚麼？」他問道，但她依然一聲不響地屈指數着。

「是五月的二十三號吧？」

「哦，原來你在算日子，七月和八月接連都是大月哩。」

「啊，第一百九十九天，正好是第一百九十九天。」
「你說是五月二十三號，真能清清楚楚記得？」
「一看日記就知道了。」
「日記？你寫日記？」
「唉，看從前的日記是一種快樂。任何事情都毫不隱瞞地記下來，就是自己一個人看，也覺得不好意思呢。」
「甚麼時候開始寫的？」
「在東京，從當舞伎前不久的時候開始寫的。那時候手頭緊，自己買不起日記本，只能花兩三毛錢買本雜記簿，用尺子畫上細格子。大概鉛筆削得很尖吧，所以格線畫得又清楚又好看。而且從簿子的上端到下端，都寫滿了密密麻麻的小字。到了自己能買起日記本的時候，倒不成了。因為我不珍惜東西了。就說練字吧，從前是寫在舊報紙上的，可後來卻直接寫在成卷的信紙上嘍。」
「你一天不落地寫日記嗎？」
「嗯，十六歲那年寫的和今年寫的最有趣。那都是每天從酒筵上回家，換上睡衣後寫下的。回來得可晚啦，寫着寫着，還沒寫完就睡着了。現在讀起來，有些地方還能看出來呢。」

「不容易啊。」

「不過，我不是天天都記，也有不寫的時候。在這種山窩裏，去宴會演出，全都是老節目。今年只能買到每頁上印着日期的，這可失算了。因為一提筆，有時難免越寫越長。」

比寫日記更使島村深感意外的，是她從十五六歲開始就把看過的小說一一記錄下來。這一類的筆記簿，聽説已多達十本了。

「寫了感想吧？」

「我可寫不出甚麼感想。只是把題目、作者，還有出場人物的姓名，以及那些人物之間的關係記下來了。」

「記那些東西，沒甚麼用的呀。」

「沒辦法呀。」

「真是徒勞。」

「可不是嘛！」她毫不介意地爽朗答道，然後目不轉睛地盯着島村。

不知怎的，島村正欲再次強調「完全徒勞」時，那雪落有聲般的寂靜卻沁透他的身心，那是他完全被這女子吸引住了。儘管他知道，對她來說那種寫法當然絕非徒勞，但覺得迎頭懟她這麼一句，反而能令自己更真切意識到她的存在。

這個女子對小說的看法，似乎與日常所謂的文學毫不相干。與這個村裏的人交換婦女雜誌翻閱，是她與其他人之間僅有的友情。此外，彷彿她都是獨自一人在閱讀。雖然她是無選擇地泛覽，也不求甚解，只限於在旅館的客廳等地方看到小說或雜誌就借來閱讀，可她列舉出能想到的新作家名字，不少是島村不知道的。然而，她的口吻卻像談論外國文學的遙遠話題，持有類似無慾的乞丐那種悲悽情調。島村忖度，這恐怕也與自己依靠外國書上的圖片或文字，去遙想西洋舞蹈同出一轍吧。

她又興致勃勃地談論起根本未曾看過的電影和戲劇，也許她好幾個月沒遇到能談這類話題的對象吧。一百九十九天前的那個時候，她也熱衷於這一類話題，並乘興主動對島村投懷送抱。也許她已忘記這些了，此時再次以自己語言描述的事物，使整個身子溫熱起來。

然而，她那種對都市的憧憬，如今已被裹入純樸的失望之中，一如天真的夢想，所以她那單純的徒勞感，比起都市逃亡者之類傲慢的不滿更為強烈。雖然她本人毫無對此感到落寞的表情，但島村眼中卻觀察到了她那不可思議的哀愁。倘若沉浸在這樣的思慮中，島村自己的生存也會成為徒勞，墜入到遙遠的感傷中去吧。但眼前的她受山中寒氣的拂染，則露出生機勃勃的紅潤氣色。

不管怎樣，島村已經改變了對她的看法，所以在對方已成藝伎的當今，他反而難以啟齒了。

那時她爛醉如泥，對不聽使喚的麻木手臂十分惱火，便狠狠咬上一口，嚷道：「怎麼回事，這玩意兒！畜生，畜生！使不上勁，這玩意兒。」

她站不住腳，咕嚕咕嚕躺在地上打滾。

「我絕不是捨不得。可是，我不是那種女人，我不是那種女人哪！」

島村想起這句話，正在躊躇時，女子突然驚覺到甚麼而跳了起來，說：「是零點的上行車。」恰在那時，傳來了汽笛聲，她隨之站起來，猛然使勁拉開隔扇和玻璃門，跌跌撞撞走向欄杆，坐在了窗檯上。

寒氣剎時灌進房間裏來。隨着火車的聲音漸漸遠去，猶如傳來的夜風。

「喂，不冷嗎？傻瓜！」島村也起身前去，但覺無風。

那是冷酷的夜景，茫茫冰雪凍結的聲音，彷彿在大地底層深沉鳴響。沒有月亮。仰首望去，多得令人難以置信的璀璨繁星浮在天際，宛如在以虛幻的速度徐徐垂落。星群漸漸逼近眼前，夜空愈加深厚而遙遠。縣境的山巒已分不出層次，僅存的沉厚感化為影影綽綽的黧黑，將其份量懸垂在星空的下方。萬物清冽，靜寂和諧。

女子發覺島村靠近，便把胸脯伏在欄杆上了。那不是荏弱的表現，而是以如此夜晚為背景，顯示出無比堅定的姿態。島村想：她又要重施故伎了。

然而，儘管群山的顏色是黑黢黢的，不知何故，看上去卻是清清楚楚的白皚皚。這樣一來，又令人感到群山是否為透明而空寂的。天空和山巒並不那麼和諧。

島村攥住女子的喉結周邊，説道：「會感冒的，這多冷。」接着就用力把她往後拉。女子抱住欄杆不放，壓低聲音説：

「我回去啦。」

「回去吧。」

「讓我就這樣再待一會兒。」

「好的，我洗個澡就來。」

「不行，你得待在這兒。」

「你把窗戶關上。」

「我再這樣待一會兒。」

村子半隱在有神社的杉樹林背後，乘汽車不到十分鐘就可抵達火車站。那裏的燈火在嚴寒中凍得砰砰作響，行將毀壞掉似地忽閃忽閃着。

女人的臉龐，窗上的玻璃，自己棉長袍的袖子，所有伸手可及的東西，對島村來說統統是第一次感受到的這麼冰冷。

連腳下的榻榻米也越來越寒冷，當島村正要獨自去洗澡時，那個女子說道：

「請等一下，我也去。」接着，便溫順地跟着島村走了。

正當她把島村脱下的散亂衣服收拾到衣筐中時，一位男宿客走了進來，當他發覺女子縮在島村胸前藏住臉時，趕忙說：

「啊，對不起。」

「沒關係，您請。我到那邊的池裏去。」島村搶着說，於是便光着身子抱起衣筐，走向隔壁的女浴池。女子當然是裝出夫妻的樣子跟隨而來。島村二話沒說，頭也不回地跳進了溫泉池。他放下心來，忍不住想大笑，但隨即把嘴巴湊近泉水口，粗莽地漱了漱口。

回到房間裏，女子輕輕地抬起側轉過去的頭，用小拇指攏上鬢髮。

「傷心啊！」她僅説了這一句話。

島村以為她還半睜着眼，可湊近一看，原來那黑色是睫毛。

這個神經質的女子一夜沒睡。

島村似乎是被女子整理那硬邦邦的衣帶聲驚醒的。

「對不起，這麼早就把你吵醒了，天還沒亮呢。請你看看我好嗎？」女子關了電燈，「能看見我的臉嗎？看不見？」

「看不見。天不是還沒亮嗎？」

「不！你非得好好看不可。怎麼樣？」女子把窗戶全敞開，説，「不行呀。這下看清了，對吧？我該回去了。」

島村對這黎明時分的嚴寒感到驚訝，他從枕頭上抬起頭來。儘管天空中迷漫着夜色，但山上已披上晨光了。

「沒關係，不礙事。現在正是農閒節候，沒有人這麼早出門的。不過，是否有上山的人呢？」她一邊自言自語，一邊拖着正在繫結的衣帶走。

「五點鐘的下行車剛開走，好像沒有客人下來。旅館的人起床還早呢。」女子繫結好衣帶後坐立不安，踱來踱去，還不時向窗外張望，猶如懼怕天亮的夜行動物一般，焦躁得來回打轉，不得安穩。這是詭異的野性亢奮起來的樣子。

「你的臉蛋凍得通紅，真冷。」

「天不冷哦，是我卸了妝呀。我一進被窩，馬上就覺得連腳尖都熱乎乎的。」她面對枕邊的梳妝檯說，「天終於亮了，我要回去了。」

島村朝女子那邊望了望，微微縮了下脖子。鏡子裏面映出熒白的亮光，那是雪。在那雪中，浮現出女子緋紅的臉蛋。這是無以言表的潔美。

太陽快出來了吧，鏡中的雪增強了冷峭如燃的輝耀。隨之，浮現在雪中的女子秀髮，也增強了閃耀着鮮豔紫光的烏黑。

大概是為了防止積雪吧，從浴池溢出的熱水被導入沿着旅館牆壁的臨時水溝，流到大門口，漫延成了溫泉似的淺灘。一隻壯碩的黑色秋田犬，一直蹲在踏腳石上舔着熱水。好像是從倉房搬出來的客用滑雪板，擺在那裏晾曬着。原來散發出的微微黴味，也被熱氣熏淡了。從杉樹枝上墜落在公共浴池屋頂的雪塊，也像溫熱的東西一樣分崩變形。

那女子曾從山崗上的旅館窗邊，俯瞰過破曉前的坡道。那時她說，終於要從年末跨入正月了，在這段時間裏那條路將被暴風雪覆蓋。遇上宴會，就非得穿上雪褲，再套上塑膠長筒靴，裹在斗篷裏，罩上紗巾才能出門。那時的積雪，會達一丈來深。島村現在正從那陡坡走下去，在路旁高高晾曬的尿布下面，顯露出了縣境的群山，連那雪光的反照，也十分清朗恬靜。青綠的大蔥尚未被雪掩埋。

村裏的孩子們在田野中滑雪玩耍。

一進入這個街道村落[5]，便傳來猶如悄然落下的雨滴似的聲響。

檐端的小冰柱，閃耀出可愛的亮光。

一個從澡堂回來的女子，仰望着掃除屋頂積雪的男子喊道：

「喂，能順便把我家的也掃掃嗎？」

她似乎感到晃眼，用濕布巾擦了擦額頭。她大概是看準滑雪季節趕早來的一個女侍吧。隔壁是一家咖啡館，貼在玻璃窗上的彩畫也已陳舊，屋脊也歪斜了。

大多人家的屋頂都苫上細長的木板，上面擺着石塊。那些圓石塊只有向陽的

---

5 街道村落是在主要幹道兩側發展起來和分佈的村鎮。

半面從雪中露出烏黑的肌理，其色彩與其說沉鬱濕漉，倒不如說是長年風雪剝蝕所積凝的黝黑。家家戶戶的姿態也與這些石頭的感覺相似，房屋低矮連排，沉靜地匍匐在地上，盡顯北國神韻。

成群的孩子，抱起水溝裏的冰塊，來到路上摔碎玩耍。也許是碎冰清脆飛濺時的閃光引起他們的興趣吧。島村站在陽光下，覺得那些冰塊厚得令人難以置信。他待在那裏觀看良久。

一個十三四歲的女孩，獨自靠在矮石牆上織着毛線。雪褲下穿着高底木屐，但沒有穿襪子，可見她通紅的腳丫後跟已經皸裂。她身旁的柴堆上，坐着一個三歲左右的小女孩，天真地玩着毛線球。從小女孩牽連到大女孩手中的一條灰色舊毛線，也發出溫暖的光亮。

七八家住戶過後是滑雪板工廠，從哪裏傳出了刨木材的聲音。在工廠正對面的屋檐下，站着五六個藝伎，正在閒聊。島村思忖：今天早上剛從旅館女侍那裏探聽到，那個女子的花名叫駒子，也可能站在這裏吧。果不其然，似乎她正望着他走過來，只有她一個人的表情一本正經。肯定她已面紅耳赤，還裝出若無其事的樣子吧，島村還無暇揣度，她已經從臉頰紅到脖子根了。其實她只要轉過臉去就算了，但她卻偏偏拘謹得低下頭來，而且隨着島村的腳步漸漸接近，緩緩地把臉轉過來。

島村也感到臉上火辣辣的，當他急忙走過去時，駒子即刻追了過來。

「到這種地方來，我多尷尬啊！」

「要説尷尬，我才尷尬呢。這麼成群結夥的，嚇得我不敢過去啊。你們經常這樣嗎？」

「是呀，午飯後差不多都這樣。」

「你羞紅了臉，還啪嗒啪嗒追過來，不是更尷尬嗎？」

「管他呢！」駒子斬釘截鐵地説罷，又羞紅了臉，於是就地站住，緊緊抓住了路邊的柿子樹，「我想請你到我家坐坐，才跑來的呀。」

「你的家在這裏？」

「嗯。」

「要是能讓我看看日記，倒可以順便進去一下。」

「我準備把它燒掉就去死的。」

「你家不是有病人嗎？」

「啊，你甚麼都知道！」

「昨天晚上，你不也到火車站接人去了嗎？穿着深藍色的斗篷。在火車上，我就坐在病人附近。一位姑娘極認真、極親切地陪護病人，那是他的太太吧？要麼是從這裏專程去接的人？或者是東京人？簡直像他媽媽一般，我看得很感動哩。」

「你昨天晚上為甚麼不告訴我？為甚麼瞞着不說？」駒子拉下面孔說。

「是他太太嗎？」

然而，駒子對此拒不作答，仍然追問：

「昨晚為甚麼不說？你這人真怪。」

島村不喜歡女子的這種銳氣。但能使一個女子如此出言相逼，其原因既不在於島村，也不在於駒子，看來那是駒子性格的流露。總之，被這樣反覆地追問，島村倒覺得好像被擊中了要害似的。今天早晨，在映着山上積雪的鏡子中看到駒子時，島村當然也曾想起在黃昏的火車中映在車窗玻璃上的那位姑娘，但為甚麼不把那件事告訴駒子呢？

「有病人也不要緊，誰也不會到我房間來的。」說着，駒子走進了低矮的石牆內。

右首是積雪覆蓋的田地，左首是沿着鄰家院牆栽種的一排柿子樹。屋前好像是花圃，當中那個小小的荷花池裏的冰塊已被撈到池邊，池子裏游動着紅鯉魚。房子也同柿子樹的樹幹一樣蒼老枯朽。積雪斑駁的屋頂木板已經腐爛，屋檐呈現出彎曲的水波狀。

島村一踏入門口沒鋪地板的房間，頓感陰森寒峭，甚麼都還沒看清，便被駒子帶上了樓梯。那真是地地道道的梯子。上面的房間也是地地道道的小閣樓。

「這裏以前是蠶寶寶的房間，你吃驚了吧？」

「就這個樣子，你喝醉酒回來，真虧沒從梯子上滾下來。」

「摔過哩。不過，那種時候，一鑽進樓下的被爐桌，差不多就躺倒睡着了。」

駒子說着，伸手到被爐上的棉被裏摸了摸，就起身取火去了。

島村環視這個古怪房間的結構，南面只有一扇矮窗，但細格窗框上的窗紙倒是新糊的，而且朝陽明亮。牆上也精心糊上毛邊紙，感覺像進入了舊紙箱之中。頭頂上就是赤裸裸的屋脊，向着窗戶那邊低斜下來，故而蒙上一層悽寂的黑影。不知道牆外是甚麼樣子，總覺得這個房間好像是懸空的一般，讓人感到不安穩。不過，牆壁和榻榻米儘管陳舊，卻非常乾淨。

島村不禁思忖：駒子也像蠶寶寶一樣，以她那透明的身軀居住在這裏嗎？蓋在被爐上的棉被和雪褲一樣，都是條紋布做的。衣櫃陳舊，但那是駒子在東京生活的紀念，是用直條木紋的優質桐板做的。與此極不協調的是那簡陋的梳妝檯。朱漆的針線盒卻又顯示出奢侈的光澤。牆上分層釘着的木板，是用來做書架的吧，上面掛着薄毛呢的窗簾。

牆上掛着她昨晚宴會上穿的衣服，敞露着長襯衣的紅裏子。

駒子拿着火鏟，靈巧地爬上梯子。

「雖是從病人房裏分出來的，但據說火是乾淨的。」她一邊說着，一邊蒙上新梳理好的髮髻，去撥開被爐的爐灰。她說病人患的是腸結核，是回老家來等死的。

雖說是他的老家，但他並不是在這裏出生的。這裏是他母親的老家。母親在港鎮做藝伎，退休後就留在當地做舞蹈師傅，可是不到五十歲就中風了。她藉機療養，便回到這個溫泉村來了。她這個兒子從小就喜歡機器，好不容易才進了鐘錶店，所以就留他在港鎮上待下了。不久他好像去東京上了夜校。大概是過度勞累，身心交瘁吧！據說今年二十六歲。

駒子一口氣敘說的僅此而已，她仍隻字未提陪護病人回來的姑娘是甚麼人，她自己為甚麼會住進這戶人家。

不過，就憑這個懸空房間的結構，即使駒子只說這些，她的聲音也會傳到四面八方，島村怎麼也沉不下心來。

臨跨出房門時，有件微微發白的東西映入島村的眼簾，他回頭一看，原來是桐木做的三弦琴盒。比起三弦琴，它看起來又大又長，真想像不到她能背起這個去宴會趕場。就在這時，有人拉開煤煙熏黑的紙門——

「阿駒，可以從這上面跨過去嗎？」

那聲音清澈悲涼、優美動人，像似從甚麼地方傳過來的回聲。

島村記得這個聲音，那是從夜車的窗口呼喚雪中站長的那位葉子的聲音。

「可以啊！」聽到駒子的回答，葉子身着雪褲，麻利地跨過三弦琴。她的手中提着玻璃尿壺。

不管是她昨晚與站長談話時的口氣，還是身上穿着的這種雪褲，都明證葉子就是這一帶的姑娘。華麗的衣帶從雪褲上面半露出來，把雪褲上淺棕色和黑色相間的粗條紋襯托得非常鮮亮，薄毛呢的和服長袖也同樣顯得更為豔麗。雪褲的褲襠低，直到膝蓋稍上處才分叉，所以看起來鬆懈鼓脹，而硬邦邦的棉布則顯得緊綳挺括，整體感覺還是安妥服帖的。

然而，葉子只對島村報以敏銳的一瞥，便悶聲悶氣地走出了房間。

島村到了屋外，葉子的眼光似乎仍在他額前火燒火燎。那眼光猶如遠方的燈火一般冰冷。何以至此呢？那是因為昨晚凝望着映在車窗玻璃上的葉子的玉容時，他看到山野間的燈火從她臉的對面流閃，當燈火與她的眼睛重疊而朦朦閃亮時，他心中曾因那無法形容的美而震撼。現在他又回想起了昨晚的印象吧。回憶起這些，他又不禁聯想起那映滿白雪的鏡子中，浮現出的駒子那紅彤彤的臉蛋。

想着想着，他的腳步變快了。儘管雙腳有點白胖，但喜好登山的島村在欣賞着山景走路時，便會油然神往，不知不覺地加快腳步。島村常常突然進入恍惚狀態，對於這樣的他而言，無法相信那映出黃昏景色的鏡子和反照晨雪的鏡子，都是出於人工的。那是大自然的造物。而且，是遙遠的世界。

甚至連剛剛離開的駒子房間，他也感覺已是那個遙遠的世界。對持有這種認知的自己，他甚覺駭然。登上高坡，見一按摩盲女走來，島村像得救似地說：「按摩師傅，能給我按摩一下嗎？」

「可以呀，現在幾點鐘來着？」她把竹杖往腋下一夾，用右手從衣帶間掏出塊帶蓋子的懷錶，然後用左手的指尖摸着錶面，說：「兩點三十五分了。本來三點半一定得到車站那邊去一趟，但遲一點也不要緊。」

「你居然知道錶上的時間？」

「嗯，因為我把錶面的玻璃拿掉了。」

「你一摸，就知道是甚麼數字？」

「我不知道是甚麼字，不過……」說着，她再次掏出那塊比女式錶略大的銀錶，打開錶蓋，用手指摸給島村看：這裏是十二點，這裏是六點，它們的正中央是三點。

「然後估算，雖不能準確到一分鐘，但差不了兩分鐘吧。」

「原來如此。上坡下坡的，你不會摔倒嗎？」

「下雨的話，女兒會來接我。晚上給村裏人按摩，不會爬高上低地到這兒來了。旅館裏的女侍還說是我丈夫不讓我去，沒法子呀。」

「孩子已經大了吧？」

「是的。大閨女今年十三歲了。」

他們邊走邊聊。到了旅館房間，她默默地給島村按摩了一會兒，就側首傾聽遠處宴席上的三弦琴聲。

「是誰彈的呀？」

「你能從三弦琴聲中，知道是哪一個藝伎彈的嗎？」

「有的能聽出來，也有聽不出來的。先生，你可是大家貴族啊，身子柔軟得很哪。」

「沒有僵硬的地方吧？」

「僵硬？脖梗子倒是有些僵硬。您身上胖瘦正好，平時不喝酒，是嗎？」

「你知道得真清楚！」

「我認識三位客人，正好體型與先生差不多。」

「我這可是極端平凡的體型呀。」

「怎麼說呢，不喝酒便嚐不到真正的樂趣了。喝酒能讓你把甚麼都給忘掉。」

「你當家的也喝吧？」

「喝呀，真讓人傷腦筋。」

「是誰呀，彈得這麼蹩腳。」

「哦。」

「你也彈三弦吧？」

「嗯。從九歲開始一直學到二十歲，成家後，已有十五年沒去碰它了。」

島村暗忖：這盲女看上去要比實際年齡年輕些吧，便問道：

「你小時候確實下過一番苦功嘍？」

「我的手成天光忙着按摩，但是耳朵卻空閒着。所以，只要聽到藝伎們的三弦演奏，就急得手發癢。是啊，感覺又回到當年的自己啦！」說着，又側耳傾聽起來。

「這是井筒屋的富美吧。彈得最好和最蹩腳的，最容易分辨出來。」

「這裏也有高手嗎？」

「一個叫阿駒的姑娘，年紀雖輕，不過近來彈得蠻好的。」

「呃？」

「先生，您認識她？雖說她彈得好，也不過是在這山鄉來說。」

「不，我不認識她。可是，她師傅的兒子回來，昨晚我們乘同一班火車。」

「哎，是病好回來的嗎？」

「看樣子還沒好呢。」

「啊？聽說她那兒子在東京病了好久，所以今年夏天那個叫駒子的姑娘，就下海作藝伎，匯錢給他交醫院的費用，這是怎麼搞的呀！」

「你說的是那個駒子？」

「可不是嗎，她算是盡心盡力了，雖說訂了婚，但若年長月久……」

「你說訂婚了，真有這回事？」

「呃，聽說是訂了婚的。我不清楚，但大家都這麼傳。」

在溫泉旅館裏，島村聽按摩女講了藝伎的身世，這本是司空見慣的事，但這一席話反倒使他頗感意外。駒子為了未婚夫當藝伎，大致情節也無可厚非，可島村心中卻不能坦然接受。也許那是因為與道德觀念相衝突的緣故吧。

他開始萌發深入傾聽下去的念頭，可按摩女就此打住，沉默不語了。

倘若駒子是那師傅兒子的未婚妻，葉子是那兒子的新戀人，然而那兒子又行將就木……想到這裏，島村的腦海中不禁又浮現上了「徒勞」二字。無論是駒子一直恪守婚約也好，還是沉淪棄身，賺錢供他療養也好，凡此種種，不是徒勞又是甚麼呢？

島村心想，碰到駒子就劈頭來句「徒勞」吧！同時他又不由感到，她的存在之於自己還是潔淨無瑕的。

在這虛偽的麻木中，散發着寡廉鮮恥的危險氣息，島村沉靜地品味着它。待按摩女走後，他一骨碌躺下，方覺寒氣砭骨，定神一瞧，才發現窗戶仍然是全敞開着的。

山溝裏日落早，暮色已經凜凜垂落。天色晦暗，夕陽映雪的遠山彷彿悄悄挨近過來。

少頃，伴隨着山巒姿態各異的遠近高低，形形色色的皺襞陰影愈加深沉了，到了僅有峰頂殘留淡淡餘輝時，雪峰上面已是晚霞映紅的天空了。

村子的河邊、滑雪場和神社等地，處處都散生着杉樹林，黑黢黢的十分惹眼。

島村正飽受着空虛苦楚的煎熬，這時，駒子走了進來，猶如點亮了溫馨的燈火。

駒子說，歡迎滑雪客的籌備座談會在這個旅館裏舉行，她是被邀前去，在座談會後的宴會上陪酒的。

她把腿一伸進被爐，就突然伸手撫揉島村的兩頰，說：「今晚你好白，真怪。」

隨後她像要揉碎島村兩頰似的，揪住他柔潤的臉龐，說：

「你這個傻瓜。」

她好像已經微醺，但散了酒宴再來時，竟嚷道：

「不行，已經不行了！頭痛，頭痛！哎喲，好難受呀，難受！」接着，便在梳妝檯前癱了下來。真奇怪，她的臉上表情剎那間就變成了酩酊大醉。

「我要喝水，給我水呀。」

她雙手捂臉，也不顧髮髻會散掉便躺倒了。不一會兒，她又坐了起來，用乳霜除去脂粉，那過於緋紅的臉蛋頓時暴露無遺，連駒子自己也樂得笑個不停。她戲劇性地很快從酒醉中醒了過來。她發冷似地顫抖着肩膀。

接着，她用平靜的語氣敘述整個八月，她都因神經衰弱而無所事事。

「我真擔心自己會瘋掉。不知咋的，我成天只顧瞎想，但到底想些甚麼呢，我自己也不明白。真可怕！那時我根本睡不着覺，只有到宴會上陪酒時才能提起精神呀。我做過各種各樣的夢。也不能好好吃飯。我還用針去戳榻榻米，戳進拔出，戳進拔出，就這樣不停地戳呀。那可是在大熱天裏呀！」

「你是幾月做藝伎的？」

「六月。要不然，這個時候我也許已經去濱松了呢。」

「去結婚？」

駒子點了點頭。接着她又說，濱松的那個男人，纏着要和她結婚，但她怎麼都喜歡不上他，挺迷茫的。

「既然不喜歡，還有甚麼好迷茫的。」

「話也不能這麼說。」

「結婚，居然有這麼大的魅力？」

「討厭。根本不是那麼回事，但我如果不把身邊的事處理得乾乾淨淨，是會心神不定的。」

「噢。」

「你呀，是個不拘小節的人吧。」

「那麼，你同那個濱松的男子是否有過甚麼關係？」

「要是這樣，不就不迷茫了嗎？」駒子斷然說道。

「不過，他說只要我待在這裏，就不准我同任何人結婚。不論我幹甚麼，他都要搗亂。」

「他住在濱松那麼遠的地方，你還那麼在意嗎？」

駒子沉默片刻，像是陶醉於自己身上的溫暖似地靜靜躺着。突然，她若無其事地說：「我還以為懷孕了呢，嘻嘻，現在想起來都笑死人，嘻嘻，嘻嘻。」她莞爾一笑，猛地縮起身子，像孩子般地用兩隻拳頭攬住島村的後頸。

她那合上眼的濃密睫毛，看上去又像半睜着的黑眸子了。

次日清晨，島村醒來時，駒子已經單肘支在火盆上，在舊雜誌的背面胡亂塗畫着。

「呃，回不去了呀。女侍送火進來，真不好意思，我嚇得慌忙起來，只見太陽已照到紙拉門上了。昨天晚上喝醉了，所以迷迷糊糊地就睡着了。」

「幾點了？」

「已經八點了。」

「洗澡去吧。」島村邊說邊站起身來。

「不行，在走廊上會碰到人的。」這時她儼如一位溫順的淑女。待島村從浴池回來時，她正靈巧地將手巾紮在頭上，麻利地打掃着房間。

炕桌腿呀火盆沿呀，她都神經質地擦拭了一遍，清爐灰的手法也相當熟練。

島村把腳伸進被爐裏，就那麼躺着抽煙。當他彈下煙灰時，駒子旋即用手帕悄悄擦拭，並拿來了煙灰缸。島村爽朗大笑。駒子也笑了。

「你要是結了婚，丈夫就得整天捱訓斥了。」

「沒有甚麼好訓斥呀。我連該洗的衣服都疊得整整齊齊，常常被大家笑話，不過這是天性呀。」

「據說只需看看衣櫃裏面，就可以知道那個女人的性格。」

整個房間充滿溫煦的晨曦，他們倆一邊吃早飯，一邊閒聊。

「真是個大好天氣，早些回去練琴多好啊！這樣的日子，連琴聲都會與平時不一樣的。」

駒子仰望着澄澈的碧空。

遠處的山巒籠罩在猶如積雪蒸騰一般的柔滑乳白色中。

島村想起按摩女的話，便說在這裏練也可以，駒子聽後立即起身給家裏打電話，說要把長歌的曲本和替換衣服一起送過來。

白天看過的那戶人家有電話嗎？島村剛這樣思忖，腦海中又浮現出了葉子的眼睛。

「是不是那位姑娘給你送來？」

「也許是吧。」

「有人說，你是那家兒子的未婚妻？」

「哎喲，你甚麼時候聽說的？」

「昨天。」

「你這人好古怪。聽說了就聽說了唄，昨天為甚麼不說出來呢？」然而，這次與昨天中午不同，駒子清純地微笑着。

「除非瞧不起你，真難以開口呀。」

「這不是心裏話。東京人愛撒謊，真討厭。」

「你看，我一提起，你不又把話岔開了嗎？」

「沒有影的事啊！可你，把它當真了？」

「是的。」

「你又說謊啦！明明沒有當真，可……」

「當然嘍，我也覺得不能全信。可是，據說因為你是他的未婚妻，所以才當藝伎，去掙療養費的。」

「真討厭，這種像新派戲劇[6]一樣的傳言。甚麼未婚妻啦，都是別人瞎講的。好像有不少人這樣認為呢。我也不是為了甚麼人才去當藝伎的，不過，應該盡力的事，就必須盡力啊。」

「你說的話都像謎語似的。」

「那我就明說吧。師傅也許有過想讓她兒子跟我成婚的意思，但也不過是心裏這麼想，嘴上可從來沒有提過。可是，我和她兒子對師傅的心思都有所覺察。不過，我們兩個人之間並沒有甚麼。事實就是這些。」

「那你們是青梅竹馬嘍？」

「呃，不過我們以前是各自過着各自的生活。我被賣到東京去時，只有他一個人送我上車。這事我曾寫在第一本日記的開頭。」

「如果兩人都一直同住在那個港鎮，也許現在就成一對了吧。」

6　新派戲劇：明治中期由川上音二郎等人所發起的新興劇場運動，以對抗舊舞台劇歌舞伎，戲碼主題均以當代為內容。初期以反映自由民權思想的烈士戲為主，之後脫離政治色彩，演出許多以社會現況為題材的作品，逐漸發展成一新興戲派。

「我認為不會有那種事的。」

「是嗎？」

「不必為別人的事操心了，他已快離世了。」

「但是，你在外面過夜總是不好。」

「你這個人，真不該說這種話。我是做我愛做的事，快死的人怎麼阻止得了我呢？」

島村無言以對。

然而，駒子仍舊隻字不提葉子，這是為甚麼呢？

且說葉子，她甚至在火車上也能像年輕的母親一樣，忘我地照顧着那男子，並把他平安地帶回老家，早上還送替換衣服到與那男子有着微妙關係的駒子這邊來，她又作何感想呢？

島村自顧神馳於遙遠的空想中時，傳來了葉子「阿駒，阿駒」那低沉而澄澈的美麗呼聲。

「噯，辛苦你了！」駒子站起來，去了隔壁僅有三張榻榻米的小房間，「葉子，你為我跑了一趟。唉，全都拿來了，這麼重。」

葉子好像默然而歸。

駒子用指頭撥斷第三弦，換上新弦後又調好了音調。這當兒，島村已聽出她的琴藝了。當她打開擺在被爐桌上的碩大包袱一看，裏面除了普通的練習曲譜之外，還裝有二十多本杵家彌七[7]的文化三弦曲譜，島村感到很意外，便伸手拿起一本問道：

「你是用這些曲譜來練習的嗎？」

「可不是嘛。這裏沒有師傅，沒有辦法呀。」

「家裏不是有師傅嗎？」

「她中風了。」

「就是中風，也可以口授。」

「嘴也不好使了。舞蹈方面，還能用可動彈的左手來糾正，可是三弦，我都聽

---

7 杵家彌七：長歌三弦專家（一八九〇—一九四二），本名赤星瑤，是彌七二世的弟子彌壽治的女兒，大正五年（一九一六）襲名彌七四世。大正年間致力於將三弦音樂樂譜化，完成了文化三弦曲譜，更透過收音機來推廣三弦音樂；另外也致力於長歌的發展。

得煩死了。」

「用這個能看懂嗎？」

「全都懂哩。」

「若是一般姑娘，倒也正常，而藝伎竟能在遙遠的山窩裏刻苦用功練習，樂譜店肯定也很歡喜吧。」

「舞伎是以舞蹈為主，後來讓我到東京學的，就是舞蹈。三弦只記住了點皮毛知識，忘了也沒人給輔導，只有靠樂譜了。」

「歌唱方面呢？」

「不行。練舞蹈時聽熟了的還馬馬虎虎，但是新曲子都是從收音機裏還有其他地方聽來的，也不知道對不對。我自己的習慣唱法會混進其中，一定怪怪的。而且在熟人面前，提不起嗓子；如果是不認識的人，反而能放聲高歌。」說罷，她還有些不好意思了。接着她坐正身子，盯着島村的臉，像是在等着他來點唱。

島村一楞，倒突然怯場了。

他生長在東京的平民住宅區，自幼就接觸周圍的歌舞伎或日本舞之類，從而記住一些長歌的歌詞，那只是耳熟能詳記下來的，並沒有主動學過。提起長歌，他的腦海中會即刻浮現出舞蹈的舞台，而想不到藝伎的酒宴。

「真討厭，你是最會擺架子的客人了。」說完，駒子咬了一下嘴唇。然而當她把三弦一抱在膝上，就像換了一個人似的，端莊地打開練習曲譜。

「這是今年秋天按曲譜練習的曲目。」

曲名是《勸進帳》[8]。

突然，島村感到從臉上起了雞皮疙瘩似的一陣涼意，一直貫通到腹部。奏鳴的三弦琴聲，響徹於他昏然空盪的腦海中。與其說他驚愕失神，倒不如說他被這支曲子震撼住了。他被虔敬之念所打動，被悔恨之心所盪滌。他已經全然無力，只得捨棄自我，跟隨着駒子的琴音魅力任意漂流浮沉，享受那種快感。

島村原以為她不過是個十九二十歲的鄉村藝伎，三弦的彈唱水準不過爾爾，只能在宴會上助助興，但她竟然像在舞台上一樣演奏起來。島村暗想：這不過是

---

8 《勸進帳》：歌舞會十八番（市川團十郎制定的十八種狂言）之一。共一幕，由並木五瓶三世作詞、杵屋六三郎四世作曲，天保十一年（公元一八四〇年）於江戶初演。敘述源義經主僕喬裝成修行僧前往奧州途中，在宅安關受阻而後脫困之經過。「勸進」意為弘法（佛法）勸善，「帳」即為「冊」之意。

自己對大山的感傷而已吧……駒子時而故意草讀歌詞，時而又說「這幾句又慢又囉嗦」而跳了過去。但當她漸漸入迷似地高聲彈唱起來時，島村心想，這彈撥的弦音究竟能高亢到甚麼程度呢？他驚恐了，但隨即又故作誇張地枕着手臂躺下身來。

《勸進賬》曲終，島村如釋重負。唉，真可悲啊！我竟然以為這位女子在暗戀着我哩。

「這種天候的琴聲不同尋常。」駒子望着雪霽晴空，僅說了這麼一句。空氣的確不同。這裏既沒有劇場的牆壁，也沒有聽眾，更沒有都市的塵囂，弦音只盪漾於純粹冬日的清澄早晨，徑直迴響到遙遠的雪山冰峰。

她經常無意識地將山峽大自然作為對象而孤獨地苦練，這就是她的習慣，所以那鏗鏘有力的弦音是自然產生的。那種孤獨感踐碎哀愁，孕育了野性的意志和力量。雖說她有幾分天資，但是從單靠曲譜獨自練習複雜的曲子，到不看曲譜也能彈奏自如的過程中，肯定飽含着堅強的意志和不懈的努力。

被島村認為是虛無徒勞的、被他哀歎為遙遠憧憬的駒子的生活方式，均以對她自身的價值，灌注於凜然彈撥的琴聲中了吧。

島村的耳朵還聽不出細膩的手法和圓熟的技巧，僅能聽懂琴聲中的感情。像他這種程度的人，可說是駒子的最佳聽眾。

當她開始彈第三曲《都鳥》[9]時，因那曲調妖豔柔綿，島村起雞皮疙瘩的感覺也隨之消逝，得以溫存安閒地凝視着駒子的臉。這麼一來，一種深切的肉體親切感油然而生。

瘦高鼻樑稍顯單薄，但浮現於兩頰上勃勃生機的潮紅，卻烘托出「妾身在此」這種悄然細語似的感覺。那美麗而紅潤的嘴唇在閉成櫻桃小嘴的時候，映在唇上的光豔也似滑潤閃動。反之，即使隨着歌唱而張大嘴時，又如可愛地即刻縮小的樣子，簡直與她身體的魅力如出一轍。在微微下傾的眉梢下，眼角既不上挑，也不下垂，那雙好像特意描繪成直線一般的眼睛，水汪汪地閃着光亮，透出稚氣。她脂粉不施，可說是山巒之色浸染了她在都市做藝伎時的風塵，像是剝開百合或洋蔥頭球根似的新嫩皮膚，連脖子根都發起淡淡的潮紅，顯得無比潔淨。

她端坐着，但是與往常又有些不同，活像一個小姑娘。

---

9 《都鳥》：安政二年（公元一八五五年）由杵屋勝三郎二世作曲的長歌。以都鳥為主題，描述隅田川的春夏情景，借漂浮在河面上的都鳥勾出男女幽會時的纏綿，生動感人。

最後，她說還有一首正在練習的曲子，於是，便看着樂譜彈起了《新曲浦島》[10]。曲終，駒子默默地把撥子夾入弦下，放鬆了身姿。

她突然變得嫵媚妖豔起來。

島村甚麼話都說不出來，駒子也不在意島村有沒有評議，只天真地露出快樂的神情。

「你只聽這裏的藝伎彈的三弦聲，能不能分辨出是誰彈的？」

「當然能分辨出，因為總共還不到二十人。最容易聽出來的是《都都逸》[11]，它最能體現彈奏者的個性。」

接着她拿起三弦，挪動了一下彎着的右腿，把琴身擱在腿肚上，又向左扭一下腰，上身右傾。

「小時候就是這樣練的。」說着，她瞅着琴桿，童趣十足地唱道：「烏——

---

10 《新曲浦島》：改編自浦島傳說的舞蹈劇，坪內逍遙作，於明治三十九年（公元一九〇六年）首演。浦島傳說敘述一男子浦島太郎在海邊救了一隻海龜，海龜為報恩而帶他至龍宮一遊。他受到龍宮公主的招待，臨別時公主送他一隻玉匣子。待他重回陸地，打開玉匣子，裏面即冒出一陣白煙，他也隨着白煙變成白髮老翁了。

11 《都都逸》：又名《都都一》，俗曲的一種，曲調富於野趣而淡泊，以情歌為主。

黑——青——絲——的……」並砰砰地撥着琴弦。

「你最早學的是《黑髮》[12]？」

「嗯嗯。」駒子像她小時候那樣，搖晃着腦袋。

從此，即使駒子在旅館裏留宿，也不勉強趕在天亮前回去了。

旅館裏的一個小女孩在走廊裏老遠就叫喊「駒子姐姐——」，還提高了尾音的拖腔。駒子把她抱進被爐，專心陪她玩到接近正午，才帶着這三歲的女孩去浴池。

洗完澡後，她一邊給小女孩梳着頭髮，一邊說：

「這孩子只要見了藝伎，就提高拖腔喊駒子姐姐。看見照片圖片甚麼的，只要有人梳着日本髮髻，她都認為是駒子姐姐呢。我喜歡小孩，所以很了解他們的心思……小君，咱到駒子姐姐家去玩吧！」說罷，她起身走到走廊，卻在藤椅上安閒地坐了下來：

「東京的人是急性子，老早就來滑雪了呢。」

---

12 《黑髮》：初學長歌者必學的入門短曲。歌詞描寫孤枕難眠之女子的鬱悶與相思。

這個房間位於高地上，能從側面向南眺望山麓的滑雪場。島村也從被爐旁轉過頭來觀望，但見山坡斜面的積雪斑駁，有五六個穿黑色滑雪服的人，一直在山腳下的田地中滑着玩。那些梯田畦既沒有被雪覆蓋，而且斜度也不夠陡，所以更顯枯燥無味。

「好像是學生。今天是不是星期天？這樣滑好玩嗎？」

「不過，他們滑的姿勢倒挺正規的。」駒子自言自語似的說道，「藝伎在滑雪場裏向熟客打招呼時，他們會驚呼：啊！原來是你。臉上被雪光灼黑了，所以認不出你啦。夜裏是塗了脂粉，對不對？」

「也穿滑雪服？」

「不，穿雪褲。唉，討厭，討厭，討厭死了。在宴會上分手時，互道明天滑雪場上見的時期又快來了。今年不太想滑了。再見。喂，小君，咱們走。今晚會下雪啊。下雪前可冷啦！」

島村一坐到駒子剛離座的藤椅上，便看見在滑雪場盡頭的坡道上，牽着小君的手回家的駒子。

雲頭上來了，陰影中的山和仍在陽光下的山相互重疊，向陽和背陰時時變幻，一派肅殺風景。終於，滑雪場也倏然陰暗下來。俯觀窗下，枯萎了的菊花籬笆上，霜柱凸起，一如瓊脂。然而，屋頂上的融雪流入導水管的聲音，卻不絕於耳。

那天晚上沒有下雪，降下一些冰霰之後就下起雨了。

回東京的前夕，皓月高懸，空氣冷徹，島村再度把駒子招來。都將近十一點鐘了，她卻說要出去散步，還不聽勸。後來她粗魯地把島村從被爐中抱出來，硬是拖他出去了。

路上已結冰。靜謐的村莊沉睡在凜凜寒氣深處。駒子撩起和服下襬，掖在衣帶後面。月亮澄澈得簡直像凍在青光剔透的冰層中的鋒刃。

「要一直走到車站喲。」

「你瘋了，來回有一里路[13]呢。」

「你不是要回東京去了嗎？我要去看看車站。」

島村從肩到腿都凍麻了。

回到旅館後，駒子馬上沮喪起來，把兩臂深深地伸進被爐的棉被中，一反常

---

13 此處為日里，一日里約三點九二七公里。

態，連澡都不去洗。

被爐上的被子原樣不動，也就是説，直接把睡覺的被子覆蓋在上頭，把墊褥鋪到被爐邊。睡鋪只鋪了一席，駒子從側旁靠着被爐，一直低着頭不説話。

「怎麼啦？」

「我要回去。」

「説傻話。」

「我沒事兒，你睡吧，我想這樣待着。」

「為甚麼要回去？」

「不回去了，在這裏待到天亮。」

「不值得，別慪氣呀。」

「沒慪氣呀，我才不慪氣呢。」

「那是……」

「嗯嗯，我不太方便。」

「我還以為是甚麼事呢，還是這種事情呀。我一點都不在乎。」島村笑道，「我不會怎麼樣的呀。」

「討厭。」

「那你還那樣亂跑一通，真是糊塗呀你！」

「我要回去。」

「不回去也無妨呀。」

「好難受。啊，你還是回東京去吧。我好難受呀。」駒子輕輕地把臉伏在被爐上。

所謂難受，大概是對旅人感情漸深的忐忑不安吧。或許是在這種時候，她始終強忍不露自己的鬱悶心情吧。女人的心竟然到了這樣的地步？島村沉默良久。

「你回去吧！」

「其實我正考慮是否明天回去呢。」

「啊，為甚麼要回去？」駒子如大夢初醒似地抬起頭來。

「不管住多久，我不還是對你無能為力嗎？」

她茫然地盯了島村一陣，突然激動地說：「就是這個不好！你呀，就是這個不好。」說罷，便焦躁地站起來，猛然摟住島村的脖子，一邊亂抓亂撓，一邊脱口說道：「你，不許提這些呀。起來，我說了要你起來！」接着，她自己反而先倒了下來，心情狂躁不安，竟連身體不適也忘得一乾二淨。

隨後，她睜開溫潤的雙眼，平靜地說：

「說真的，你明天回去吧。」她撿起掉落在地上的髮絲。

島村決定翌日下午三點離開，在他換衣服時，旅館的掌櫃悄悄地把駒子叫到走廊裏。他聽到駒子在回答：「哦，請你按十一個鐘點算，好吧。」也許是掌櫃認為十六七個鐘點太長而說起的吧。

一看結賬單，方知此店規定早上五點退房的就算到五點，第二天十二點退房的，就算到十二點，一切都是按鐘點計算的。

駒子在外套上繞着白圍巾，一直送行到車站。

島村為了消磨時間，便去買了木天蓼腌果、蕈樸罐頭等土特產回來，沒想到還有二十分鐘空閒時間，所以就到車站前地勢較高的廣場上蹓躂。島村邊眺望着風景，邊感歎這雪山環繞的狹窄土地。駒子的秀髮過於濃黑，在背陰山谷的荒寂蒼涼襯托下，反而顯得悲愴悽幽。

在遠方河流下游處的山腰，不知道為甚麼，有一塊透出微弱陽光的地方。

「我來了之後，雪不是大都融化了嗎？」

「不過，下兩天雪，馬上就能積到六尺呢。如果繼續下雪，那根電線桿上的電燈也會被雪埋住。到那時，如果我一邊想着你一邊走路，脖子可能會掛到電線上受傷哩。」

「能積那麼厚？」

「前條街上有所中學，說是在大雪天的早晨，有人從宿舍的二樓窗口赤裸着身子往雪裏跳。身子一下子沉下去就看不見了。於是，那人像游泳一樣，從雪底下手扒腳蹬地走。喏，那裏還有專門開雪道的人呢。」

「真想來賞雪呀，可是正月裏旅館會很滿吧。火車會不會被雪崩埋住呢？」

「你這個人挺會享受的呢。每天都這樣生活嗎？」駒子望了望島村的臉，繼續說道，「你為甚麼不留鬍子呢？」

「哦，我正想留呢。」他一邊摸着臉上鐵青色的剃刀刮痕，一邊暗忖：自己的嘴角連接着一道完美的皺紋，會使細柔的面龐看上去緊實剛毅，也許駒子也是為此喜歡上我的吧。

「你是怎麼搞的，每次把脂粉洗淨，臉蛋便像剛用剃刀刮過似的。」

「討厭的烏鴉在叫。是在哪裏叫的呢？好冷呀。」駒子仰望着天空，兩肘相抱，交叉在胸前。

「我們去候車室的爐子那邊烤烤吧。」

這時候，穿着雪褲的葉子正從街道往車站轉彎的大馬路上，朝這邊慌慌張張地跑過來。

「啊，駒子姐，行男哥他……駒子姐！」葉子氣喘吁吁，宛如小孩子逃離妖魔後摟緊媽媽一般，抓住了駒子肩膀，「快回去，情形不對頭，快！」

駒子像忍住肩上的疼痛似地合上眼睛，臉色瞬間變了。想不到她搖了搖頭，斬釘截鐵地說：「我正在送客人上車，不能回去。」

島村大為吃驚，說：「這不已經送行了嗎，到此為止吧！」

「不行，我不知道你以後還來不來。」

「我會來的，一定會來的。」

葉子好像壓根兒沒有聽見似的，焦急地拉着駒子說道：

「剛才我打電話給旅館，說是你在車站，我急忙趕過來了。行男哥在叫你呢。」

駒子紋絲不動，忍耐片刻後突然掙開葉子，說：「我不回去。」

此時，反倒是駒子自己踉踉蹌蹌兩三步。隨後，她呃的一聲，像是要嘔吐，可甚麼也沒有吐出來，只是眼圈潤濕，臉上起了雞皮疙瘩。

葉子茫然失措，神情緊張地盯着駒子。然而，她的表情太過認真，分不出是憤怒、驚駭，還是悲哀，就像假面具一般，顯得毫無生機。

她仍以這種表情轉過頭來，冷不防地抓住了島村的手，提高嗓門催逼道：

「唉，對不起，請你讓她回去，讓她回去吧！」

「哦，我讓她回去。」島村大聲喊道，「快回去吧，蠢貨！」

「你，你說甚麼？」駒子朝島村說着，同時伸手把葉子從島村那裏推開。

島村想把火車站前的汽車指給葉子看，但是手指被葉子用力握得都麻木了，只好說：

「就用那輛汽車，馬上送她回去，你暫且先走一步，好吧？這裏有這麼多人看着呀。」

葉子點了點頭，表示同意。

「快點呀，請你快點！」說完，她轉臉就跑，乾脆得令人感到意外。目送着她漸漸遠去的背影，島村對那姑娘為何總擺出認真的神情，心中掠過這種場合不應有的疑惑。

葉子那種美得近乎悲愴的聲音，好像剛從哪裏的雪山上傳來的回聲一般，殘留在島村耳畔。

「到哪裏去？」駒子看島村想去找汽車司機，便一把將他拉回來說，「不，我不回去。」

島村忽地對駒子感到肉體上的憎厭。

「我雖不知道你們三人之間有着甚麼關係，但師傅的兒子也許馬上就要死了。他是那麼想見你一面，所以葉子才趕來叫你。大方地回去吧，要不然會後悔一輩子的。我們在這裏談話時，他斷了氣怎麼辦呢？別固執了，爽快地把一切付之東流吧。」

「不是這樣，你誤會啦。」

「你被賣到東京去時，他不是唯一來送你的人嗎？你曾在最早日記的最初一頁記下的那個人，現在已經奄奄一息了，豈有不去告別一聲的道理？那個人生命的最後一頁，要你去寫上一筆啊。」

「不，我怕看人死去。」

這種話可以當作是冷酷無情，也可以當作是愛情熾熱。島村正在迷惑時，只聽得駒子喃喃説道：

「再也不能記日記甚麼的了。我要把它燒掉。」

不知怎麼回事，她的面龐浮上了紅暈。她繼續説：

「呃，你是個真誠的人。若是真誠的人，我把日記統統送給你也無所謂。你不會笑我的，我認為你是一個真誠的人。」

島村有一種難以名狀的感動。是的，當他覺得沒人比自己更真誠的時候，便不再強勸駒子回去了。駒子也沉默下來。

掌櫃從旅館駐站事務所走出來，通知開始檢票了。

只有四五個穿着灰暗冬裝的本地人，默默地上下車。

「我就不上月台了。再見。」駒子站在候車室窗戶的內側説。玻璃窗緊閉着。從火車中眺望，她就像被人忘掉的一個孤零零的怪異水果，置於荒涼寒村中水果店裏被煤煙熏黑的玻璃盒中一樣。

火車一開動，候車室的窗玻璃即刻光亮起來，剛一看到駒子的臉蛋忽地在那光亮中閃閃浮現，卻又消失得渺無蹤影了。然而，這張臉和那天清晨在雪茫茫的鏡中映出的臉同樣緋紅。在島村看來，這又是與現實本身臨界的顏色。

當火車從北面爬上縣界的山，穿過長長的隧道時，冬天午後的微弱陽光，像被這片大地中的黑暗全都吞噬掉一樣；還有這陳舊的火車，宛如在隧道中脱掉了明亮的軀殼，從重峰叠巒之間駛向暮色初染的山谷。山這邊還沒下雪。

火車沿着河流終於來到曠野上，但見山頂彷彿是趣味盎然的雕刻，一條美麗的斜線從那裏緩緩伸展到山腳，那裏的山頂已染上了月色。這是原野盡頭的唯一景色。淺淡晚霞浮映的長空，把那座山的整個容姿鮮明地描繪成濃郁的淺藍色。月兒光柔色淡，還未現冬夜的清亮冷光。空中沒有一隻飛鳥。山腳下的曠野毫無遮掩，向左右廣闊延伸，在接近河岸處，矗立着像是水電站的雪白建築。這便是黃昏時分殘留在枯冬車窗中的景物了。

車窗因暖氣的溫熱而開始起霧，隨着窗外流動着的原野逐漸昏暗，乘客的身影再次半透明地映現在窗玻璃上。這便是那幕以黃昏景色為背景的鏡中幻劇。如今，這列火車不同於東海道線，好像是其他地方的火車，只拖着陳舊褪色的三四節老式車廂。電燈也昏昏沉沉。

島村油然感覺乘坐在非現實的物體上，時間和距離等的觀念也失去了，如同陷入身軀被茫然運送着的恍惚狀態中。單調的車輪聲響，開始聽起來好似女人的話語。

那些話語雖然斷斷續續而且短促，卻是女人竭盡全力活着的象徵。他聽得甚為難受，所以一直不忘。由此一來，對於當今漸行漸遠的島村來說，這只不過像是平添旅愁的遙遠的聲音。

也許就在這會兒，行男斷氣了吧？她為甚麼執拗地不肯回去呢？駒子會不會因此而沒趕上見行男最後一面呢？

火車上的乘客少得可怕。

一個五十開外的男人與面色紅潤的姑娘相對而坐，他們只顧着不停地聊天。那姑娘豐腴的肩膀上纏繞着黑色圍巾，氣色鮮亮潤紅，如同燃燒的火焰。她向前探着胸，專注地聽講，還饒有興趣地應和作答。看樣子，這兩人在作長途旅行。

然而，到了矗立着繅絲廠煙囪的車站時，這位大叔慌忙從行李架上搬下柳條箱，一邊從窗口卸下月台，一邊對姑娘說：「再見嘍，有緣下次再相會！」言罷，徑自下車走了。

島村忽地熱泪盈眶，連他自己都感到愕然。因此，他越發覺得這是告別女子的歸程。

做夢也想不到他們僅僅是偶然在車上相遇的兩個人。那男子大概是跑單幫之類的吧。

正值飛蛾產卵的季節，所以從東京臨出門時，太太告訴他不要把西裝敞掛在衣架或牆上。一來到這裏，果然見到吊在旅館房間屋檐下的裝飾燈上，竟吸附了六七隻暗黃色的大飛蛾。在隔壁小房間的衣架上，也落了一隻個頭雖小，但身子胖滾滾的飛蛾。

窗戶照舊嵌着夏季的防蟲鐵紗網。紗網上面，仍有一隻飛蛾像黏附在那裏似的，靜靜地趴着不動。它伸出一對茶色小羽毛似的觸鬚。然而它的翅膀卻是透明般的淡綠色。那翅膀有女人的手指那麼長。連接對面縣界的崇山峻嶺沐浴在夕陽中，已經染上秋天的色彩，所以這一點淡綠，反倒像死的一樣。只有前翅與後翅重疊的部分，綠色濃重。秋風吹來，那翅膀便像薄紙一般飄然掀動。

島村站起身來看那隻飛蛾是不是活的，他從紗網裏面用手指去彈，飛蛾卻一動不動。他用拳頭猛然一捶，它便像樹葉一般輕飄飄落下，可落到一半卻輕揚飛舞起來了。

定睛望去，在對面的杉樹林前面，無數的蜻蜓成群飄流，猶如蒲公英的絨絮在飛舞。

山腳的河流，宛若從杉樹梢上流出來似的。

稍高的山腰上盛開着像是胡枝子的白色花朵，銀光閃閃，島村又在癡情地觀賞。

島村從室內浴池中出來時，見一個俄國婦女正坐在大門口擺攤叫賣。島村心想，她居然到如此荒僻的山村來，便過去看了看，原來賣的淨是些極普通的日本化妝品和髮飾之類。

看樣子她有四十出頭了，臉上已有皺紋，塵垢滿面，但那粗粗的脖子可看到的部分卻又白又胖。

「你從哪裏來的？」島村問。

「從哪裏來的？我，從哪裏來？」俄國婦女像是不知如何回答，一邊思考着一邊收拾攤子。

她穿着的裙子像是纏着塊髒布似的，已經沒有洋裝的感覺了。她好像已習慣了日本的生活，背起偌大的包袱回去了。不過，她腳上倒穿着皮鞋。

受一起目送俄國婦女的老闆娘之邀，島村也進了賬房。房裏的爐子旁邊背坐着一位大塊頭的女人。那女的提着衣服下襬站了起來，她穿着印有家徽的黑禮服。

島村對這個女人也有些印象：她是藝伎，曾在滑雪場的宣傳照片中與駒子並排站在滑雪板上，仍是穿着宴會服，只是套上了棉布雪褲。她是位體態豐盈、舉止大方的半老徐娘。

旅館老闆把火筷子橫在爐口上，正在烘烤橢圓型的大豆沙包。

「這玩意兒，吃一個怎麼樣？是人家辦喜事送的，沾點喜氣，嚐一口吧！」

「剛才那個人不幹那行了？」

「是呀。」

「她倒是一個好藝伎哩！」

「她的合約到期了，特來辭行的，人家過去可是個紅人呢。」

島村拿着熱騰騰的豆沙包，一邊吹氣，一邊啃着，覺得這硬邦邦的外皮有些陳腐味，還有點發酸。

窗外，夕陽映照在熟得紅彤彤的柿子上，那光線好像一直照射到懸在爐子上方吊鈎的竹筒上面。

「那麼長呀，是芒草吧？」島村驚訝地望着路坡。老婆婆背走的那綑草，竟然是她身高的兩倍。而且還有長長的草穗。

「呃，那是茅草。」

「茅草？是茅草嗎？」

「鐵路部開溫泉展覽會時，建了一間茶室，作為休息室用的吧，那屋頂就是用這裏的茅草葺的呢！聽說後來那茶室被東京的甚麼人原封不動地買走了。」

「是茅草嗎？」島村自言自語地又嘟囔了一遍，「山上綻放的花穗是茅草嗎？我還以為是胡枝子花呢。」

島村下火車後最先映入眼簾的，便是這山上的白花。從陡峭的山腰到山頂附近，遍地白花爛漫，銀光閃閃。它們彷彿是傾瀉在山上的暮秋陽光本身，不禁令島村情為所動，深切感歎。他原以為那是白胡枝子花呢。

然而，近看茅草的那股剛挺勁猛，與仰望遠山令人感傷的花兒截然不同。碩大的草綑，把背着它的女人們的身姿完全遮掩住，剮蹭到斜坡兩邊的崖石上，發出嘎沙嘎沙的聲響。草穗剛健遒勁。

回到房間裏一瞧，在十枝光燈泡映照的隔壁幽暗房間裏，那隻大腹便便的飛蛾，正在塗了黑漆的衣架上爬行產卵。屋檐下的飛蛾，也正啪嗒啪嗒地衝撞着裝飾燈。

秋蟲從白天便一直鳴叫。

駒子來得稍微遲些。

她就站在走廊，直勾勾地盯着島村。

「你來做甚麼？到這種地方來幹甚麼？」

「我是來看你的。」

「這不是心裏話。東京人就愛說謊，討厭！」

隨後，她一邊坐下來，一邊溫柔地壓低聲音說：「我再也不去送你了。那真是說不出來的感受呀。」

「好嘛，這次我走時不告訴你。」

「不行，我只是說不上車站送你了。」

「那個人怎麼樣了？」

「還用問？死了。」

「是在你送我上車那時候嗎？」

「先別說這個。這送別，我真沒想到竟會那麼難受啊。」

「嗯。」

「你呀，二月十四日怎麼搞的？全是謊話，讓我等得好苦啊！你是不是想讓我不再相信你的話？」

二月十四日有驅鳥節[14]。這是雪國兒童傳統的年度儀式活動。從十天以前起，村裏的孩子們就要穿上草鞋，把雪踩實踏硬，然後切成兩尺見方的雪板，堆砌起來搭建雪堂。那是由兩丈見方、一丈多高的雪板築成的殿堂。十四日的夜晚，孩子們把從挨家挨戶收集的注連繩[15]，堆在堂前燒成熊熊大火。這個村莊是以二月一日為正月新年的，所以此時注連繩仍未除去。爾後，孩子們爬上雪堂屋頂，相互推推搡搡地唱起驅鳥歌。接着，進入雪堂點燈守夜，直到天亮。十五日拂曉，他們要再一次爬上雪堂屋頂唱驅鳥歌。

那個時節，正好是積雪最深的時候，所以島村曾與駒子約好，屆時前來觀賞

14 驅鳥節：農曆正月十四夜至十五晨為祝福豐收而舉行的農村迎神節。

15 注連繩：用稻稈搓成，過年時張掛於門口，用以辟邪。或在舉行神事活動時用於劃定神聖場所或領域。

驅鳥節。

「二月份，我回老家去了，生意都沒做。我認為你一定會來的，在十四日那天就趕了回來。早知道這樣，我就多服侍病人幾天了。」

「誰病了？」

「師傅一到港口，就得肺炎了。我正巧在老家，電報來後我就去侍候她了。」

「好了沒有？」

「沒好。」

「那真糟糕！」島村像是對自己違約的致歉，又好像是對師傅的死表示懊悔。

「哦——」駒子急忙溫順地搖搖頭，邊用手帕抹桌子，邊説：

「蟲子真多！」

從炕桌到榻榻米，全都落滿了小小的羽蟻。幾隻小飛蛾圍繞着電燈飛舞。

紗窗外側也落了好幾種飛蛾，星星點點的，浮現在澄澈的月光中。

「我的胃好痛，胃好痛！」駒子的兩手猛地插進衣帶，趴伏在島村的膝頭上。

透過她的衣領，可見塗着厚厚水粉的脖頸，一群比蚊子還小的飛蟲也紛紛飛落下來。也有眼看着一些就要死去，趴在那裏不動彈。

駒子的脖根比去年稍粗，脂肪也豐腴了。島村心想：她畢竟已經二十一歲了。

他膝頭傳來了一股溫熱的濕氣。

「賬房裏有人嬉笑着對我說：阿駒，到山茶室去看看。真煩人。送阿姐上了火車，原想回來美美地睡上一覺，可是說這邊打來了電話。因為太疲乏，我幾乎不想來了。昨晚酒喝多了，那是阿姐的歡送會啊。他們在賬房裏一個勁兒笑我，原來是你。一年過去了，你是一年來一趟嗎？」

「我也吃了那豆沙包哩！」

「啊？」駒子抬起身子，她臉上只是壓在島村膝頭上的那部分發紅，神情倏然顯現出孩子氣來。

她說把那個中年藝伎一直送到下兩站的鎮上，才折返回來的。

「真沒意思啊。以前不管遇到甚麼事都能馬上意見一致，可後來卻漸漸成了個人主義，各顧各的了。這裏也大變樣嘍！不合脾氣的人越來越多了。菊勇姐一走，我可孤單了。因為以前任何事都是她作主呀。她的名氣最大，沒有在六百枝香錢[16]以下的，所以在這裏十分受寵。」

島村問詢那個菊勇契約期滿回老家後，是嫁人呢，還是繼續在風塵中混下去？

「阿姐也真可憐，以前嫁人失敗了一次，才到這裏來的。」駒子閉口不談其後的演變。躊躇了一會兒，她眺望着月光中的梯田下方，說：「那個山坡的半路上，有一間新蓋的房子吧！」

「是叫做菊村的小吃店嗎？」

「哦。她本該去入住那家舖子的，可是阿姐她自己卻把事情搞砸了，還鬧得沸沸揚揚。讓人家專為自己蓋房子，可到了就要進新房子時，她卻一腳把人家踹開了。她是另外有了相好的男人，打算與那個人結婚，結果卻受騙了。一旦癡迷了，就會變成這個樣子嗎？說是因為被那個男的甩了，所以她現在不能與原來的男友重歸於好，當然也不可能再去要那間舖子，而且她也不好意思在這地方待下去，只好到其他地方掙錢去了。想起來就覺她真可憐！我們也不太清楚她的事，只聽

16 六百枝香錢：藝伎們陪酒的鐘點，以燃完一枝香為單位來計費，並依此計算，故習慣上稱為香錢。

說她交接的人甚麼樣的都有。」

「男人啊，她有過五個嗎？」

「有吧！」駒子莞爾一笑，可突然轉臉說道：「阿姐也是個軟弱的人呀！是個膽小鬼。」

「無奈呀。」

「可不是嘛。都說她惹人喜愛……」

她低垂着頭，拿髮簪撓了撓頭皮。

「今天去送她時，心裏可難受了。」

「對了，專為她建的舖子怎麼辦？」

「由家裏的正妻來操持啦。」

「太太來操持，倒是挺有意思的。」

「可不是，開張的事也全都準備好了。不這樣，也沒有甚麼辦法呀。他太太把孩子全都帶過來住啦。」

「那家裏怎麼辦呢？」

「聽說只把老奶奶一個人留了下來。雖是莊稼人，但這位丈夫卻喜好這一口呀。他是個很風趣的人。」
「是一個浪蕩公子啊。年紀也相當大了吧？」
「他可年輕着呢，只有三十二三歲。」
「啊，這麼說，情婦比太太的年齡還要大嘍？」
「同歲，都是二十七。」
「菊村這招牌，本來是取菊勇的菊字吧！現在卻由太太來做呀。」
「因為打出去的招牌，是不可能再改的吧。」
島村攏緊衣服的領口時，駒子站了起來，一邊關窗一邊說道：
「阿姐對你的事也一清二楚，今天還對我說你已經來了。」
「我在賬房看見她來辭行了。」
「有沒有說甚麼？」
「不好說呀。」
「你了解我的心情嗎？」駒子一下子拉開剛剛關上的紙窗，一屁股坐在窗沿上。過了一會兒，島村說：
「星光與東京截然不同啊，好像懸在空中似的。」

「月夜時就不是這種樣子了。今年的雪好大呀。」

「火車好像經常停開。」

「是啊，真可怕。公路比往年遲了一個月才通車，那是五月份喲。滑雪場裏不是有商店嗎，雪崩把那個店的二樓給穿透了。下面的人還不知道咋回事，只覺得聲音古怪，以為是廚房裏的老鼠鬧動靜，就去看了一下，但沒有甚麼異常，所以上了二樓，一看呀，樓上全都是雪。木板套窗甚麼的，全都被雪捲走啦！雖然只是表層雪崩，可電台卻大肆播放，嚇得滑雪客都不敢來了。我今年不打算滑雪了，所以去年年底就把滑雪板也送人了。不過，我還是滑了兩三次。我是不是和以前不一樣了？」

「師傅過世了，你怎麼辦呢？」

「別人的事，你就別管了。二月份，我可是確實來這裏等你了。」

「既回到了港口，就來封信告訴我一聲不好嗎？」

「不寫。那種寒磣的事，我不幹。能讓你太太看的信，我才不寫呢！憋屈呀。我不會顧忌誰而撒謊的。」

駒子像發連炮珠似的激烈説道。島村點了點頭。

「你不要坐在蟲堆裏，把電燈關掉就好了。」

皓月朗朗，連女子耳朵的凹凸部分都照得光影清晰分明。那月光一直照射到房間深處，榻榻米泛起冷峭的青色。

駒子的嘴唇猶如美麗的水蛭環節一樣潤滑。

「啊，讓我回去。」

「習慣依舊啊。」島村翹起脖子，湊近凝視她中間稍凸的圓圓臉龐，好像有甚麼可笑之處似的。

「人家都說，我跟十七歲第一次到這裏時相比一點都沒變。生活方面嘛，那也是老樣子哩。」

駒子的雙頰至今仍濃厚地殘留着北國少女的紅潤。月光照在她那藝伎風情的肌膚上，泛出貝殼般的光澤，「可是，你知道我家有了變化嗎？」

「師傅死了，是吧？你已不再住在那間蠶寶寶的房間了吧？現在搬到了正式的寄宿房[17]是吧？」

---

17 寄宿房：原文為「置屋」，本書指藝伎的住宿處。

「正式的寄宿房？是啊，在店裏賣些糖果香煙。仍舊只有我一個人哪。這次是真正的雇工，所以夜裏太晚的時候，便點蜡燭來看書。」

島村抱肩大笑。

「這一家是用電錶的，所以不好意思浪費電哪。」

「是嘛。」

「可是，這家人太照顧我啦。有時我還想哪有這樣的雇工呀，小孩子哭了，老闆娘都客氣地把他背到外面去。我沒有甚麼不滿意的，只是床鋪歪歪扭扭叫人不舒服。回來遲了，他們都把被褥幫我鋪好了。不是褥子和墊子鋪得不重合，就是把被單鋪歪了。我一看到那種情形，就感到不舒服。怎麼說呢，自己再重鋪不太好吧，因為這是人家的一番情意呀。」

「你如果成了家，可夠你勞累的。」

「大家都這麼說呢。大概是天性吧。那家有四個小孩，弄得亂七八糟，真夠嗆！我整天跟在後面收拾。明知道收拾好了，孩子還會亂丟，但我還要再去整理，不然總覺得是個心病。在處境允許的範圍內，我仍想整潔地過日子啊。」

「那也是的。」

「你懂我的心情嗎？」

「懂呀。」

「既然懂，你說說看。喂，說說看。」駒子突然以百感交集的語調衝着他抬起槓來，「你說說看呀，說不出來了吧。光會說謊。你過着花天酒地的生活，是個逢場作戲的人哪！你是不會明白我的心情的。」接着，她低下嗓門說：「我真可悲呀，我是傻瓜。你明天就回去吧。」

「像你這樣逼問，叫人家怎麼能說明白？」

「有甚麼不能說的呢？你就是這點不好。」

駒子仍顯困惑，話音哽住了。她默默閉上眼睛，暗忖：島村是會理解我駒子的吧，於是，她又露出一副通曉事理的神情，說：

「請你一年來一次可以吧。我在這裏的時候，請你一年一定要來一次。」

她說她的合約是四年。

「回老家去時，做夢也想不到會再出來做生意，連滑雪板都送給了人家才回去的啊。要說收穫嘛，只是戒了香煙。」

「是啊是啊，你以前抽得很厲害呢。」

「說的也是。在宴會上客人給我的，我就偷偷放進袖子裏，有時回去能倒出好多根呢。」

「可是，四年夠長的了。」

「會很快過去的嘛。」

「你的身子好溫暖。」待駒子走近時，島村把她抱了起來。

「我生來身子就是暖性的。」

「這裏早晚都很冷了吧？」

「我到這裏已經五年了。剛來時心裏發慌，心想在這種地方住下去嗎？在火車通車以前，這裏真荒涼呀！從你第一次來這裏時起，已經三年了。」

在不到三年的時間裏，島村就來了三次，每次來他都思忖着駒子的境遇變遷。

突然有好幾隻紡織娘鳴叫起來。

「討厭。」駒子從他的膝頭下來，站起身。

北風颼來，鐵絲紗窗上的蛾子一齊飛起。

儘管島村早已知道她那像是半睜着的黑眼珠，是閉合了的濃密的睫毛，不過他仍舊挨近盯着看。

「戒煙後，人發胖啦。」

她腹部的脂肪變厚了。

由此看來，每次分離時難於捉摸的情愫，也忽然返還成親密之情了。

駒子把手掌輕輕挪向胸前，說：

「有一邊變大了。」

「傻瓜，是那個人的癖好，只撫摸一邊哪。」

「啊，討厭！沒有的事，你這人，討厭。」駒子突然又改變了態度。島村想了起來，是這個樣子的。

「以後你得講，兩邊要平均些。」

「平均？你說平均？」駒子溫柔地把臉湊上去。

這個房間雖在二樓，但癩蛤蟆卻圍着房子轉着叫。不止一隻，好像有兩三隻在爬動。鳴叫了好久。

從室內浴池上來，駒子便以心平氣和的沉靜音調，又開始敘說起身世來。

她連在這裏初次接受體檢時的經歷都說出來了：一開始還以為自己跟雛伎一樣，只脫掉上半身衣服，結果被大家取笑一番，隨後她大哭一場……所有的往事她都說了。她還直截了當地回答了島村的詢問。

「我的那個實在準確，每個月肯定提前兩天。」

「可是，那個來時去赴宴不是不方便嗎？」

「哦，這些你都懂？」

每天都在以泉水溫暖而聞名的溫泉中泡泡身子，而且在舊溫泉和新溫泉兩處陪酒得跑一里路，再加上過着很少熬夜的山居生活，所以她健壯結實，但仍屬常見於藝伎的細腰型。她身架横向窄，縱向厚。儘管如此，這個女子仍能把島村從遙遠的地方吸引來，源於她那深沉的哀愁。

「像我這種女人是生不出孩子的嗎？」駒子一本正經地問。她又說專與一人相好的話，不就與夫妻相同了嗎？

島村這才知曉駒子還有一位這種男人。她說從十七歲開始，已跟他持續五年了。島村以前對駒子的無知和毫無戒心感到大惑不解，至此才明白了個中緣由。

駒子說，她當雛伎時為她贖身的人死後，她就回到港口馬上跟了那個男人，但是從開始到今天，她一直討厭那個人，而且永遠也不會和睦的。

「能持續五年之久，不是位優秀男子嗎？」

「有過兩次可以分手的機會呢！一次是到這裏做藝伎時，另一次是從師傅家轉到現在這個家來時。然而，我的意志太薄弱了，實在是意志薄弱啊！」

她說，那個人還在港口。因為他覺得把她安頓在那個鎮上不合適，所以師傅到這個村子來時，就順便把她託付給師傅了。又說，他是個和藹可親的人，但自己卻從來沒想過要把終身許給他，覺得很悲哀。因為年齡差距大，所以他是難得到這裏來的。

「怎樣才能斷絕關係呢，我常常想：乾脆墮落下去算了。我真是這樣想的。」

「墮落不好。」

「其實我也不會墮落的。仍然是生性不允許啊。我對自己活生生的身子是很愛護的。要是想做的話，四年的期限可以縮短為兩年，但我不勉強自己。因為身體要緊喲。如果勉強去做，香錢也許能掙得相當多吧。反正訂了四年的合約，所以只要不讓老闆受損就行。本金每月應該付多少，利息多少，稅金多少，再加上自己的伙食補貼，合起來一算就清清楚楚吧。我不會勉強自己再超額多幹的。遇到非常麻煩的宴會，我厭煩的話就迅速了事回家。不是老客戶指名叫的，旅館也不會深夜打電話給我。若想過得奢侈，那是怎麼賺也賺不夠的。量力而行，夠用就好。還不到一年，本金我已經償還過半啦。儘管如此，像零錢甚麼的，一個月還是需要三十元的。」

她說，一個月只要掙一百元便可以了。上個月，收入最少的人也拿了三百枝香，換算起來是六十元。駒子趕了九十幾場宴會，是收入最多的，因為一場宴會藝伎本人可領得一枝香錢，所以雇主會虧損，但是利滾利的周轉會再賺回來。在這個溫泉浴場，沒有一個人因增加借款而延長合約期限的。

次日清晨，駒子依舊及早醒了。

「我正夢見與插花師傅同在這裏打掃房間，就醒過來了。」

移到窗邊的梳妝檯，鏡子中映出楓葉紅遍的山巒。秋陽在鏡中也明光錚亮。

糖果店裏的女孩子把駒子的替換衣服送來了。

「駒子姐姐。」從紙拉門後傳來了近乎悲涼的清澈聲音，這不是那位葉子的聲音。

「那位姑娘怎麼樣了？」

駒子瞥了島村一眼，說：

「她老是去上墳。滑雪場的下面，你瞧，有塊蕎麥地吧，地裏還開着白花。那塊地的左邊不是有座墳墓嗎？」

駒子回去之後，島村也到村中散步去了。

在屋檐下的白牆旁邊，一位穿着嶄新的紅色法蘭絨雪褲的女孩子在拍着皮球，確實是秋意濃濃了。

這裏有很多古色古香的建築物，相傳是從領主出巡時期建造的。房檐幽深。樓上的紙拉窗僅一尺高，呈細長形。檐端懸掛着茅草簾子。

土坡上有一道種着絲芒的籬笆。絲芒盛開着淡黃色的花兒。纖細的葉兒在每一株草莖上鋪展，呈現出美麗噴泉般的形態。

葉子在向陽的路邊鋪上草席，正在打紅豆莢。

紅豆像小粒的光點，從乾透的豆莢中跳出來。

大概是因為頭上包着手巾而沒有看到島村吧，葉子叉開穿着雪褲的雙膝，一邊敲打着豆莢，一邊用那種近乎悲涼的清澈、且如回聲一般的聲音唱着歌。

蝴蝶起舞，蜻蜓群飛，蟈蟈

在山間鳴囀

還有這麼一首歌謠：忽然飛離了杉樹，晚風中的烏鴉個頭大……

從這個窗口俯瞰到的杉樹林前，今天仍只是成群的蜻蜓在流淌似的飛翔。隨着黃昏的臨近，它們的速度彷彿慌忙加快了。

島村於出發前，在車站的商店裏找到了一本這一帶的新版山景指南，便把它買下帶來了。他隨意翻閱，竟發現書上如此介紹：從這個房間望去，在盡收眼底的縣界群山中，在其中一座的山頂附近，有條穿過美麗池沼的小路，這一帶的濕地上，各種各樣的高山植物百花爛漫。到了夏天，紅蜻蜓自由競翔，有時甚至會落在帽子上、人的手和眼鏡框上，真乃優哉游哉，與被人類虐待慣了的都市蜻蜓，實有雲泥之別。

然而，眼前的這群蜻蜓，彷彿是被甚麼東西追到絕境似的；又宛如是在夜幕尚未低垂時，因自己的身姿將被杉樹林陰沉黑暗的色彩吞噬而焦慮。

遠山在夕陽的照射下，可以清晰地看出從山峰開始染紅的楓葉正款款而來。

「人呀，是很脆弱的吧。聽說那人從頭到身子骨，全都摔得不成樣子了。聽說態甚麼的，就是從更高的山崖上摔下來，身子也不會受一點傷的。」島村想起今天早上駒子說的話。當時她一邊指着那座山，一邊說又有人在山岩那邊遇難了。

倘若人像熊一樣長着又硬又厚的毛皮，人類的官能肯定大不相同。人類總是相互傾慕着柔嫩光滑的皮膚。伴隨着這番思緒，眺望着夕陽下的山巒，島村不禁感傷地傾慕起人的肌膚來。

「蝴蝶起舞，蜻蜓群飛，蟈蟈……」一個藝伎在提前吃晚餐時，笨拙地彈着三弦，唱着這首歌。

因為山景指南上僅簡單地寫着路徑、日程、旅館、費用等，反倒能使人自由遐想。島村最初認識駒子，也正是在踏過殘雪中新綠已萌的山徑，下山來到這個溫泉村的時候。懷着這樣的心情眺望着曾留下自己足跡的山野，而現在又是秋天登山的季節，所以他的心已被大山吸引去了。對於飽食終日的他來說，儘管無所事事，卻自尋勞苦徒步登山，實乃徒勞之典範，但唯其如此，亦有非現實的魅力介乎其間。

一旦遠離，就頻頻產生對駒子的種種情思，可一旦接近，也許是因為不由自主地放下了心，也許是因為已經與她的肉體相親密過，竟感到對人肌膚的戀慕思緒和山巒的誘惑思緒，猶如同一夢幻。這可能是因為駒子昨晚在這裏過夜，才剛剛回去的緣故吧。可是，一旦在靜寂中獨坐，就只好在心中期盼着駒子不邀而至。但在那些遠足的女學生們充滿朝氣的嬉鬧聲中，他昏昏欲睡，便提早就寢了。

不一會兒，似乎下起了秋冬之交常有的陣雨。

第二天早上醒來，見駒子已經端坐在桌前看書。她穿的和服外褂，也是日常的平紋粗綢便衣。

「醒了？」她悄悄地問道，朝島村看了看。

「怎麼回事？」

「醒了嗎？」

島村懷疑她是在自己不覺間來住下的，便環顧一下自己的睡鋪，撿起枕邊的錶，發現才六點半。

「還早着呢。」

「可是，女侍已經來生過火了。」

鐵壺冒出晨霧似的水蒸氣。

「起來吧。」駒子站起來，坐到了他的枕邊。那神態儼然像個家庭主婦。島村伸了伸懶腰，順勢抓住女人放在膝上的手，一邊摳捏着她小手指上彈琴磨出的老繭，一邊說：

「還發睏呢，天不是才剛亮嗎？」

「一個人睡得可好？」

「嗯。」

「你還是沒有把鬍子留起來？」

「是的是的，上次臨走時，你曾說過這事的，讓我把鬍子留起來。」

「反正你會忘掉的，這樣也好，把臉刮得乾乾淨淨，鐵青鐵青的。」

「你呢，一洗掉脂粉，不也是像剛刮過臉一樣嗎？」

「你的臉龐好像又胖了呀。臉色白白的，睡着的時候一看沒有鬍子，總覺得怪怪的。圓溜溜的。」

「柔和點好吧。」

「不可靠喲。」

「真討厭，你是不是一直盯着我看？」

「是啊。」駒子微微一笑，點了點頭，接着像突然着火似地由剛才的微笑轉為大笑，那力量不知不覺地竟然傳到了握住他手指的手上了。

「我剛才躲在壁櫃中的呀，女侍一點都沒有覺察。」

「甚麼時候，甚麼時候躲進去的？」

「不是剛剛嗎？女侍拿火進來的時候呀。」

她想起了剛才的情形，又大笑不已，沒想到笑得連耳根都發紅了。她好像要遮掩過去，就拽起被角，一邊扇着一邊説：

「起來呀，你起來嘛。」

「冷呀。」島村摟緊被子，説道，「旅館裏的人已經起來了嗎？」

「不知道，我是從後面上來的。」

「從後面？」

「從杉樹林那邊爬上來的呀。」

「有那麼條路？」

「沒有路，可是近呀。」

島村驚愕地望着駒子。

「誰也不知道我來呀。廚房裏雖有聲音，但大門還是關着的呢。」

「你又起了個大早。」

「昨晚睡不着啊。」

「昨晚下了場陣雨，你知道嗎？」

「是嗎？怪不得那邊的大葉竹叢裏濕濕的。我回去啦。你再補一覺，睡吧。」

「我這就起來了。」島村仍舊握着她的手，精神抖擻地從被窩裏鑽了出來。他徑直走到窗邊，俯視駒子說她剛剛爬上來的那片地方，但見茂密的灌木叢邊上，瘋長着一大片大葉竹叢。那是與杉樹林接連的半山腰，窗戶下面的田地裏，種有蘿蔔、蕃薯、蔥、芋頭等。雖是普通的蔬菜，但沐浴在早晨的陽光裏，菜葉的顏色各不相同，令人覺得好像是初次看到似的。

掌櫃的正從通往浴池的走廊，向池中的紅鯉魚拋灑飼料。

「大概是天氣變冷，魚兒不大吃食了。」掌櫃的一面對島村說，一面凝望着漂浮在水面的魚餌料，那是將蠶蛹烘乾後碾碎做成的。

駒子清幽地坐在那裏，對剛從浴池上來的島村說：「這麼安靜的地方，做針線活多好。」

房間剛剛打掃過，秋天的晨曦一直照射到房間深處稍舊的榻榻米上。

「你也會做針線活？」

「不好意思呀。我是姐妹中最辛苦的了。現在回想起來，在我成長的時候，大概正是我們家最困難的時候吧。」駒子像自言自語似的，可突然又激動地說：「剛才女侍表情怪異，說駒子是甚麼時候過來的呢。我又不能三番五次地躲進壁櫃裏去，不好辦哪。我該回去啦。忙死啦。我睡不着覺，所以想洗洗頭。如果早上不及早洗頭，就要等到頭髮乾了才能去梳理師那裏做髮型，那可趕不上中午的宴會啦。這裏雖然也有宴會，卻是昨天夜裏才來通知我的。那是在我答應了別處之後的事，所以就不能到這裏來了。今天是星期六，特別忙啊。不能來玩了。」

駒子雖然如是說，卻沒有起身的跡象。

她索性不洗頭了，邀島村來到後院。剛才她就是從那裏偷偷爬上來的嗎？遊廊下面放着駒子的濕木屐和襪子。

她先前從那裏攀爬上來的地方是片大葉竹叢，看來是沒法走過去的，所以他們沿着田邊朝水流聲那邊走去。河岸是很深的懸崖，栗子樹上傳來孩童的話音。腳下的草叢中，也落下了好幾顆毛栗子。駒子用木履碾踩栗子殼，剝出了栗子。全都是小粒的栗子。

對岸陡峭的山腰間，佈滿了恣意怒放的茅草穗，搖曳着眩目的銀光。雖說是眩目的色彩，卻宛如紛飛於秋空中的清透幻象。

「到那邊去看看吧，有你未婚夫的墳墓呢。」

駒子倏地踮腳站起來，面對面地瞪着島村，將一把栗子猛然向他臉上擲去。

「叫你嘲弄我！」

島村猝不及防。額頭上被砸出聲來，很痛。

「你有甚麼緣由要去看墳墓？」

「幹嘛呀？你竟然動這麼大火?!」

「你說的那個，對我來說可不是兒戲！我可不像你這麼玩世不恭。」

「誰玩世不恭？」他有氣無力地自言自語說。

「那麼，為甚麼你要說未婚夫呢？他不是我的未婚夫，上次不是清清楚楚告訴過你嗎？忘了嗎？」

島村當然沒有忘記。

「師傅也許有過想讓她兒子跟我成婚的意思。那也不過是在心裏這麼想，嘴上可從來沒有說過。不過，她的兒子也好，我也好，對師傅的心思都有感覺。可是，我們兩個人之間並沒有任何那種交往。一直都是各人過着各人的生活呀。我被賣到東京去時，只有他一個人送我上車。」

島村記得駒子曾對他這樣說過。

雖然那個人生命垂危，她卻在島村那兒過夜。她好像要委身於島村似的說：「我是做我愛做的事，快死的人怎麼阻止得了我呢？」

更有甚者，當駒子正要送島村進入車站時，葉子趕上前來，說病人的狀況變壞了，但駒子不管這些，斷然不回去，所以臨死時似乎也沒見上一面。因此，那個叫做行男的人，越發留在了島村的心中。

駒子總是有意避開關於行男的話題。縱使不是未婚夫妻，但為了籌措他的療養費用，不惜在這裏做了藝伎，的確是件「不是兒戲」的事吧。

被栗子砸了頭，島村也沒露出生氣的神情，倒使駒子頓時詫異起來。她突然像癱倒下來似地摟住了島村。

「啊，你是個溫順的人。是不是有甚麼傷心事？」

「樹上的孩子們在看着呢。」

「真搞不懂，東京的人太複雜了。是周圍太吵鬧了，所以心神不定？」

「一切不都是不定的嗎？」

「當今連生命都是不定的。去看看墳墓吧。」

「是啊，去吧。」

「你看你，你不是一點也不想去看墓地的嗎？」

「是你自己顧忌這些的呀。」

「我從來沒上過墳，自然會顧忌。真的，一次也沒有來過。現在，師傅也一起埋在這裏了，所以覺得對不起師傅。但是，捱到現在更不想上墳了。這種事真令人掃興。」

「你這個人複雜得很呢。」

「為甚麼？他們活着的時候，我不能請清清楚楚表達我的想法，所以至少對去世的人得挑明呀。」

他們穿過杉樹林，林中的寂靜彷彿凝成了冰冷的水滴眼看着就要墜落下來，繼而再從滑雪場的下方沿着鐵路線前行，便到墓地了。在田埂稍高的一角，僅豎立着地藏菩薩和十來座舊石碑。墳前寒陋光禿。沒有供花。

然而，從地藏菩薩後面的矮樹蔭裏，突然露出了葉子的上半身。她也倏忽擺出猶如假面具一般的嚴肅面容，火辣辣的眼睛刺人般地看了看這邊。她向島村頷首致意後，就那樣站着不動了。

「葉子好早呀。我要去做頭髮……」駒子正說到一半，突然颳起一陣黑黢黢的疾風，像是要把人捲走似的，她和島村都緊縮着身子。

一列貨車從他們身邊飛馳而過。

「姐——姐——！」這呼喊聲穿過粗暴的聲浪流傳過來。一個小夥子從黑色貨車的門邊揮動着帽子。

「佐一郎，佐一郎！」葉子呼喊道。

在冰天雪地的信號站前呼喊站長的，就是那個聲音。那聲音彷彿是在呼喚遠方船上聽不到喊聲的人兒，悲愴悽美。

貨車一過，就像取下遮眼布，鐵軌對面的蕎麥花鮮明地呈現在眼前。花兒盛開在紅色的麥秆上，恬靜極了。

意外地碰上了葉子，他們倆連火車到來也幾乎沒注意到，可那無以言表的境遇，全被貨車吹拂走了。

爾後，葉子呼聲的餘韻似乎仍在殘留着，比車輪的回聲還要悠長，宛如純潔愛情的迴響折返過來。

葉子目送着火車，說：

「弟弟在這班車上，我到車站看看去。」

「不過，火車是不會停在車站等你的哪。」駒子笑道。

「倒也是啊。」

「我呀，可不是來為行男掃墓的呀。」

葉子點點頭，躊躇片刻，便在墳前蹲下來，雙手合十。

駒子仍舊佇立在那裏。

島村瞥了一眼地藏菩薩。地藏菩薩有三面長臉，除了在胸前合十的一對臂膀，左右還各有兩隻手。

「我要去做頭髮了。」駒子對葉子說罷，便順着田埂，朝村子方向走去。

島村他們走過的路邊，農夫們也正在做着當地土話叫「哈苔」的活兒，那是在樹幹與樹幹之間，像搭晾衣竿似地把竹竿、木棒連成好幾節，然後將稻子掛在上面晾曬，看上去就像搭建起高高的稻子屏風。

姑娘們輕輕扭動穿着雪褲的腰肢，把稻綑拋了上去，登上高處的漢子麻利地接過來，捋一把再抖開，然後掛在竿子上。那種嫻熟的機械性動作有條不紊地重複着。

駒子把「哈苔」垂下的稻穗托在手掌上，像估測貴重物品重量似地一邊掂晃，一邊說：「稻粒飽滿，這稻子摸一下都開心啊！比起去年真是強多嘍！」她眯起眼來享受着稻穗的觸感。一群麻雀在這「哈苔」上空低低地飛來飛去。

一張舊的招貼仍殘留在路邊的牆壁上：「插秧工薪金協議。一天工資九角，供給伙食。女工六折。」

葉子家也有「哈苔」。她的家建在比公路稍低的旱田深處，那高高的「哈苔」搭在庭院的左邊，即在沿着隔壁人家的白牆栽種的一行柿子樹上。此外，在旱田和庭院的交界處，也就是與柿子樹上的「哈苔」形成直角的地方仍有「哈苔」。它的一端有個入口，人們可以從那些稻子下面鑽進去。整個「哈苔」是未成草蓆的稻草，但卻猶如是搭建的坡棚。旱田裏，在凋謝的大麗花和薔薇前面，芋頭正鋪展着茁壯翹挺的綠葉。養着紅鯉魚的荷花池在「哈苔」的背面，所以看不見。

去年駒子住過的蠶室的窗戶，也被遮擋住了。

葉子面帶慍色地低下頭，從稻穗底下的入口回去了。

「這個家是她一個人住嗎？」島村目送着她那腰身稍微前弓的背身說。

「不會吧。」駒子生硬地說，「啊，煩死了。我不去做頭髮了。都是你多事，打擾了她上墳。」

「是你固持己見，說不想在墓地見她的吧。」

「你不明白我的心情呀。等一會兒有空再去做頭髮。也許會遲些才去你那兒，但一定會去的。」

到了深夜三點鐘。

島村被像似撞開紙拉門的聲響驚醒了，駒子啪的一聲趴倒在他的胸口上。

「我說過來的，來了吧。嗯，我說來就來了吧。」她喘着粗氣，連腹部都劇烈地起伏。

「醉得這麼厲害。」

「呃，我說過來就來了吧。」

「啊，是來了嘛。」

「到這裏來，一路上甚麼也看不見。甚麼都看不見。啊，好難受。」

「這個樣子，虧你還能爬上坡。」

「不知道，甚麼也不記得了。」駒子用力後仰滾轉過來，所以島村被她壓得很難受，想站起來，可他是突然驚醒的，搖晃幾下又倒下來，他的頭不知擱在甚麼滾燙的東西上，令他十分吃驚。

「這不像一團火嗎？你這傻瓜。」

「是嗎？這是火枕，會燙傷的呀。」

「真的。」島村一閉上眼睛，那股熱流就沁入了他的頭顱，他直接感受到的是自己還活着。隨着駒子急促的呼吸，傳來了現實的存在。那彷彿是使人戀眷的悔恨，又好像只是安寧地等着某種復仇的心。

「我說來就來了吧。」駒子只顧反覆着這句話，接着又說：

「我已來過了，所以，要回去了。要去洗頭髮的。」

隨後，她爬起來，咕嚕咕嚕地大口喝水。

「這個樣子是回不去的呀。」

「要回去。我有同伴哪。洗浴用具，哪裏去了？」

島村站起來開了電燈，駒子雙手遮住臉，俯趴在榻榻米上了。

「討厭。」

她身着圓短袖式的華麗薄毛呢袷衣，外披黑領睡衣，又繫了一條窄腰帶，所以看不到襯衣的領口，但醉紅一直浸染到她赤裸着的腳跟。她像是要躲藏起來似的把身體縮成一團，看起來怪可愛的。

看樣子她是把洗浴用具扔了過來，肥皂、梳子散落一地。

「幫我剪，我帶了剪刀。」

「剪甚麼？」

「剪這個。」駒子的手伸向髮髻後面。

「在家裏想把頭繩剪開的，可是手不聽使喚啦！就想來這裏請你剪。」

島村把女子的頭髮撥開，剪斷了頭繩。每剪開一處，駒子便把假髮抖掉，其間她也稍微沉靜下來，問道：

「現在大概幾點了？」

「都三點啦。」

「啊，那麼快？真頭髮可不要剪掉呀。」

「紮得相當多呀。」

他攥住的假髮根上，還悶着暖烘烘的熱氣。

「已經三點了嗎？大概是從宴會上回來就倒下來睡着了。她們與朋友約好了，所以才來邀我。她們還以為我上哪兒去了呢。」

「她們在等你嗎？」

「是的，她們還在公共浴池裏呢，三個人。今天有六場宴會，但只趕了四場。下星期楓葉紅了，又要忙了。謝謝啦。」她一邊梳着解開了的頭髮，一邊仰起臉來，浮出迷人的一笑，繼續說：

「不管那些了。嘻嘻嘻，好可笑。」

然後，她無奈地撿起了假髮。

「太對不起朋友了，我走啦。回來時就不再到這裏了哦。」

「能看見路嗎？」

「能看見。」

然而，她的腳卻踩在了衣服下襬上，打了個趔趄。

一想起清晨六點和深夜三點，一天竟兩次在異常的時間偷空前來，島村便感到這絕非尋常。

像正月插松枝一樣，如今旅館的掌櫃們把紅葉插在門口裝飾起來。這是歡迎賞楓客的表達方式。

臨時雇用的掌櫃正以倨傲的口氣指揮着，他自嘲似的說自己是隻候鳥。有些人從嫩綠吐翠到紅葉盡染，都在這一帶山區的溫泉打工，冬天則去熱海或長岡等伊豆地區的溫泉浴場掙錢，他就是這類人中的一個。他每年未必在同一家旅店打工。他常炫耀在伊豆繁華的溫泉浴場的經歷，背後盡說這一帶旅館待客方面的壞話。他那搓着手死纏爛打拉客的樣子，卻顯出一副虛情假意的乞丐相。

「先生，您知不知道通草果？如果喜歡吃，我這就去拿來。」他對散步回來的島村這樣說着，同時把那種果子連藤拴在了紅葉的枝條上。

楓樹枝大概是從山上採來的，高及檐端，那色彩鮮豔的火紅霎時把大門口襯托得亮亮堂堂，每一枚葉片都大得出奇。

島村握着冰涼的通草果看了一眼，無意中瞅見賬房裏葉子正坐在爐邊。老闆娘正在守着銅壺燙酒。葉子就坐在老闆娘對面，每當問她話時，她都乾脆地點着頭。她連雪褲及和服外褂都沒穿，只穿着剛拆洗過的絲綢和服。

「是來幫忙的？」島村漫不經心地問掌櫃。

「是呀，多虧了她，因為現在人手不夠呀。」

「跟你一樣嘛。」

「對呀，但她是村裏的姑娘，這一點大不相同呀。」

看來葉子是在廚房幹活的，所以從來不去宴會上陪酒。客人一多，廚房裏女侍的聲音也跟着提高，但卻沒有聽到葉子那美妙的聲音。據負責島村房間的女侍說，葉子會在睡前入浴，並且有在浴池裏唱歌的習慣，但他沒有聽到過。

不知甚麼緣故，一想起葉子也在這裏，島村就覺得喚駒子過來有點彆扭。駒子雖對他表示愛意，但他自己卻有一種空虛感，常把這種愛意作為美麗的徒勞。可隨着這種感覺，反而使他感到駒子為生存而掙扎的命運，猶如裸露的肌膚觸碰過來。他可憐駒子，同時也可憐自己。島村覺得葉子那看似無心的雙眸好像放射出洞察秋毫的光芒，因而也被她所吸引。

島村即使不喚駒子，她當然也會常常來的。

有一回島村去溪流深處看紅葉，途中路過駒子家門前。那個時候，她聽到了車聲，當下斷定乘客準是島村，跑出門來，可他竟然連頭也不回，把她氣得簡直要罵他是薄情郎。所以，只要旅館喚她過去，她都要去島村房間，一次不落。去浴池時，也順便來一趟。如果有宴會，她便提前一個鐘頭來，一直在他那裏玩到女侍來叫才肯離開。宴會中她也常偷偷溜開，到他那裏對着鏡子修容整妝。

「就要去幹活了，要去賺錢哪。去啦，做生意，生意。」說罷，她便起身走了。琴撥子盒啦，和服外褂啦，凡是帶來的東西，她都想放在他的房間後再回去。

「昨天晚上回去沒有開水，在廚房裏嘎吱嘎吱搗鼓半天，才把早上剩的味噌湯澆在米飯上，就着醃梅乾吃下。冷冰冰的。今天早上在家沒有人叫早，醒來時已十點半，本想七點鐘起床的，卻沒起來。」

她把這些瑣事，以及從甚麼旅館轉到甚麼旅館、宴會上的情形等等，都林林總總地向他報告。

「回頭還要來喲！」她喝完水站起身來，又說，「也許不再來了，三十位客人的宴會廳只叫了三個人，忙得抽不開身呢！」

然而，過了一會兒她又來了。

「真累，三十位客人，僅有三個人陪。那倆一個是最年老的，另一個是最年幼的，所以我可慘了。那些客人都是小氣鬼，肯定是甚麼團體旅行。三十個人，至少要有六個人陪呀。我要喝些酒嚇嚇他們去。」

每天如此度日，會發展成甚麼樣子呢，就連駒子也似乎想把身心全都隱藏起來，但她若有若無的孤獨心境，反而增添了她的嫵媚嬌態。

「走廊上會發出聲響，真不好意思。即使輕輕地走也會被人發覺。若從廚房旁邊過，人家也會取笑我說：阿駒，到山茶間去嗎？真沒想到自己還要顧忌這麼多。」

「就是因為這地方太小了，所以傷腦筋啊。」

「現在大家都知道啦。」

「那可不好。」

「可不是嘛。稍微有點不好的傳聞，在這巴掌大的地方就混不下去了。」此話剛落音，她又馬上抬起頭，微笑着說：

「哦，管他呢！我們到任何地方都能幹活的。」

她那充滿質樸真情的腔調，對光靠父母的財產度日的島村來說，是頗感意外的。

「真的呀！在哪裏幹活都一樣。沒有甚麼想不開的。」

口氣倒是泰然自若，可島村卻聽到了女子的心聲。

「這倒挺好的呀。因為能夠真正喜愛上一個人的，已經只有女人了。」駒子臉色微紅，低下了頭。

透過敞開着的後衣領，可見她的肩背宛若打開了的白摺扇。那濃施脂粉的肌膚，總感到隆起得有些悲哀，看似毛織品，又貌似動物。

「在當今的世上——」島村喃喃說道，可馬上又對這句話的虛情假意感到不寒而慄。

但駒子卻單純地說：

「甚麼時代都是一個樣的。」她仰起頭，茫然地又加上一句，「你不知道這個？」

她那吸附在背上的貼身紅襯衣看不見了。

島村正在翻譯瓦萊里[18]和阿蘭[19]以及俄國舞蹈輝煌時期的法國文人的舞蹈

---

18 瓦萊里（Paul Valery，一八七一－一九四五）：法國詩人、評論家、思想家。興趣十分廣泛，哲學、語言、繪畫、舞蹈、建築、教育、政治、物理學、數學都是他研究的對象。

19 阿蘭（Alain，一八六八－一九五一）：法國哲學家。雖無舞蹈方面的專論，但著作中常提及舞蹈。

論。他打算印製少量豪華本自費出版。可以説這些書對當今的日本舞蹈界似乎難起甚麼作用，但這樣反而會使島村心安理得。以自己的工作嘲笑自己，是一種矯情的快樂吧。或許由此衍生出他那悲哀的夢幻世界。他根本就毫無必要急於外出旅遊。

他細緻地觀察了昆蟲等痛苦掙扎後死去的情景。

隨着秋涼，他房間的榻榻米上每天都有死掉的蟲子。翅膀堅硬的蟲子，一翻過身子就再也翻不過來了。蜂兒是稍微走動就跌倒，起來再走便一倒不起了。本以為那是如同季節更迭一樣自然的死去，是安靜的死，但湊近一看，才發現它們都顫抖着腿腳和觸角，痛苦地掙扎着。作為那些小蟲的死亡之地，八張榻榻米好像太過廣闊了。

島村想把那些蟲骸扔掉，有時也會在用手指捏起它們的時候，不由想起留在家中的孩子們。

有的飛蛾，你以為它一直停落在窗子的紗網上，可它已經死了，像枯葉一樣飄零而去。也有的是從牆上掉落下來的。島村拿在手上觀看時，就暗忖為何它們長得如此美呢。

那些防蟲紗網也已拆走，蟲鳴明顯沉寂了許多。

縣界群山上的紅褐色更濃了，在夕陽的照耀下，猶如冷峭的礦石發出沉暗的光澤。旅館正是接待觀賞紅葉遊客的高峰期。

「今天也許不能過來啦。因為是本地人的宴會。」那天晚上駒子來島村房間打過招呼就離開了。不久，大宴會廳便響起了大鼓聲，還傳來了女人的尖叫聲。在那陣喧鬧的高潮中，從意想不到的近處傳來了澄澈的聲音。

「對不起，房間有人嗎？」葉子叫道，「這個是阿駒要我送來的。」

葉子就那麼站着，像郵差那樣伸手遞過來，繼而又慌忙跪地行禮。當島村把摺疊起來的紙條展開來時，葉子已經不在了。連跟她說話的機會也沒有。

這張口取紙上只歪歪扭扭地寫着：「現在很熱鬧，正喝酒。」

然而還不過十分鐘，駒子就伴着淩亂的腳步聲進來說：

「剛才她有沒有送東西來？」

「來過啦。」

「啊？」她興奮地眯起一隻眼睛說：「呵，痛快。我藉口說去要酒，就偷偷地溜了出來。結果被掌櫃的看到捱了罵。酒真好，即使捱罵我也不在乎腳步聲啦。

啊，真煩人哪！一來到這裏，就馬上有醉意。馬上還要幹活去。」

「你連指尖都這麼紅酥酥的呀。」

「唉！做生意嘛。她說甚麼來着？你可知道，她是個嫉妒心很強的人，怪嚇人的。」

「誰？」

「我會被殺掉的。」

「那姑娘也在幫忙嗎？」

「她送酒壺來的時候，站在走廊的陰影裏一直往裏瞅着哩！兩眼光閃光閃的。你喜歡那種眼睛吧？」

「她認為那場面太低俗，才死盯着的。」

「所以我寫上幾個字，讓她送來。好渴，給我點水吧。是誰低俗呢？女人若不哄到手看看，是不會明白的。我醉了吧？」她像要摔倒似的，抓住梳妝檯的兩端照了會兒鏡子，便拽正衣服下襬走出門去。

不一會兒，宴會似乎結束了，周遭頓時沉寂下來，遠處不時傳來盆碗碰撞的聲響。島村心想駒子一定被客人帶到別的旅館，侍候第二場宴會去了。就在這時，葉子又拿着駒子折好的紙條來了。那上面寫着：

「不去山風館了，現在要去梅花廳，回來時順道去你那裏，晚安。」

島村有點害羞似地苦笑着說：

「謝謝！你是來幫忙的嗎？」

「嗯。」葉子在首肯的一剎那，用那美麗的雙眸，犀利地瞥了島村一眼。島村不由地露出了狼狽相。

以往每次見到她，總會留下令人感動的印象，但當她這樣若無其事地坐在面前時，他卻感到莫名的不安。她那過分認真的樣子，看起來宛若正處在異常事件的中心。

「你好像很忙呀。」

「嗯。不過，我甚麼都不會做。」

「我碰見你好多次啦。第一次是在你回鄉的火車裏，你在照顧那個人，還向站長拜託你弟弟的事，記不記得？」

「嗯。」

「聽說你睡覺前會在浴池裏唱歌？」

「啊，不成體統，不好意思。」她的聲音優美動人。

「總覺得你的事我全知道。」

「是嗎，你聽阿駒說的吧？」

「她沒有說，而且她好像不願提你的事。」

「是嗎？」葉子悄然轉過臉去說，「阿駒人挺好的，就是怪可憐的，你可要善待她。」

她說得很快，尾音微微顫抖。

「可是，我並不能為她做些甚麼。」

葉子現在好像連身體都顫抖了。她的表情好像有危險的光閃迫近而來似的，島村即把視線移開，笑着說：

「我倒不如早些回東京為好。」

「我也要到東京去哩。」

「甚麼時候？」

「甚麼時候都可以。」

「那麼，我回去時帶你一起走吧？」

「欸，請你帶我一起回去。」她說得若無其事且又一本正經，島村頗為驚訝。

「你家裏的人要同意呀。」

「家裏的人？只有一個在鐵路工作的弟弟，所以我決定就可以了。」

「東京有沒有可依靠的？」

「沒有。」

「同她商量過了？」

「你是說阿駒嗎？我憎惡阿駒，不會告訴她的。」

葉子如此說罷，心情顯得敞快了，她用那略微濕潤的雙眼仰望着島村。島村從她身上感受到一種奇怪的魅力，不知何故，反而對駒子的愛情之火熊熊燃燒起來。島村認為與來歷不明的姑娘像私奔似地返回東京，也許是對駒子的一種深深懺悔的方法。另外，也好像算是一種自我懲罰。

「你這樣跟着男人走，不害怕嗎？」

「為甚麼要害怕呢？」

「你若不安排好在東京安身的地方，以及想做甚麼事，不是太冒險了嗎？」

「就一個女的，總可以過得去的。」葉子語聲的尾音提高起來，聽來非常悅耳。

她盯着島村說，「你不會讓我當女傭吧？」

「甚麼，當女傭？」

「我不願當女傭。」

「你以前在東京做甚麼？」

「護士。」

「在醫院還是學校？」

「不，只是我想當護士。」

島村又回想起葉子在火車中照顧師傅兒子時的舉動，也許在那認真的態度中，也顯現出了葉子的志向。他想到這些，不覺浮出了微笑。

「那麼，這次也想去進修護士課程嗎？」

「我已經不想當護士了。」

「那種無正業的，可不行呢。」

「哎呀，甚麼正業，我可不在乎。」葉子反駁似地笑了起來。

她的笑聲響亮、澄澈，使人感到悲涼，並不是呆癡似的傻笑。然而，那笑聲空幻地叩擊島村心靈的外殼後便消逝了。

「甚麼事這麼好笑？」

「可不是嗎，我只為一個人看護。」

「呃？」

「現在卻不能了。」

「是嗎？」島村又遭突然襲擊，靜靜地說，「聽說你每天都到蕎麥田下面的墓前去祭拜。」

「嗯。」

「你認為自己這一生，不會再看護別的病人，也不會再祭拜別人的墳墓了嗎？」

「不會的。」

「那你怎麼拋得下墳墓，狠心到東京去呢？」

「哎呀，對不起！但還是請你帶我去吧。」

「駒子說，你吃起醋來好可怕哩！對了，那個人是不是駒子的未婚夫？」

「你說行男嗎？沒有，沒有的事。」

「你說憎惡駒子，這又為甚麼呢？」

「阿駒？」她像當面叫她一樣地説道，雙眸光閃閃地瞪着島村，「請你好好對待阿駒。」

「我不能為她做甚麼呀。」

葉子的內眦溢出了泪水，她忽然捏住落在榻榻米上的小飛蛾，一邊啜泣，一邊説：

「阿駒説我會瘋掉的。」爾後拔腿走出房間。

島村頓感寒氣襲人。

島村想把葉子捏死的小飛蛾扔掉而打開窗子，正好看見醉醺醺的駒子半彎着腰在劃拳，似要把客人逼入絕境。天空陰雲密佈。島村到室內浴池去了。

葉子帶着旅館的孩子進入了隔壁的女浴池。

她讓孩子脱衣服、幫孩子洗澡，言語親切溫柔，活像聆聽純真無邪的媽媽的甜蜜聲音，令人心怡氣爽。

稍頃，那個聲音唱起歌來了。

……

……
來到後門瞧
梨樹有三棵
杉樹有三棵
一共有六棵
下面大烏鴉
築巢正忙着
上面小麻雀
忙着搭新窩
林中小蟈蟈
幹嗎在唱歌
阿杉祭拜親友墓
一個一個又一個

這是小姑娘拍着線球唱的數數歌。那生動活潑、歡快跳躍的音調，使島村覺得剛才的那個葉子是不是在夢中相見的呢？

葉子不停地對小孩子說話，直到從浴池出來，那聲音還像笛聲一樣縈繞在那裏。發着黑光的大門口舊地板上擺着桐木的三弦琴盒，平添了秋夜特有的靜謐氛圍。島村突然心血來潮去看琴盒物主的藝名，這時駒子從發出洗碗聲響的地方走了過來。

「你在看甚麼？」

「這個人在這裏留宿嗎？」

「誰？啊，這個嗎？你這個傻瓜，這種東西誰能隨身帶走呢。有時就這樣把它擺在這裏好幾天哩。」她剛一發笑，隨即又痛苦地喘着粗氣閉上眼睛，便放下和服前襟兩側的下襬，踉踉蹌蹌地栽向了島村。

「喂，請你送我回去。」

「不必回去了吧。」

「不行，不行，我得回家。這回是當地人的宴會，所以大家都跟着參加二次聚會去了，可偏偏只留下我一個人呀。這裏有宴會倒好說，回頭朋友邀我去洗澡，而我又不在家，就太不像話了。」

儘管酩酊大醉，但駒子仍精神抖擻地走過了陡峭的坡道。

「是你把她弄哭的嗎？」

「這樣說來，她的確有點瘋瘋顛顛哪。」

「你這樣看待別人，覺得有趣嗎？」

「這不是你自己說的嗎？說她快要瘋了，她似乎想起了你的這句話，才懊惱得哭了吧。」

「這樣的話，倒沒啥。」

「不過十分鐘，她便在浴池裏以悠揚的嗓音唱起歌來了。」

「洗澡時唱歌是她的習慣。」

「她一本正經地託付我要善待你呢。」

「真是傻瓜。不過，這種事，你不必宣揚給我聽。」

「宣揚？不知道為甚麼，一觸及她的話題，你就莫名其妙地慪氣。」

「你想要她，是嗎？」

「這不，又說那種話了！」

「我可不是開玩笑。一看見她，我便覺得她終究會成為我討厭的包袱。就說你吧，假如你喜歡上她，就仔細觀察觀察她吧。你一定也會這樣想的。」說着，駒子把手搭在島村肩上，偎倚過來，但又突然搖頭說：

「不對。要是碰到像你這樣的人，她也許不至於發瘋哩。你把我的包袱帶走好不好？」

「別胡扯了！」

「你以為我在酒後說醉話嗎？一想到她在你身邊能得到寵愛，我就能在這山窩裏為所欲為了，多開心。」

「喂！」

「放開我。」

説着，駒子一溜小跑地逃開，咚的一聲撞在了防雨門上，那裏便是駒子的家。

「他們以為你不回來了呢。」

「哦，我來開。」

駒子抬起嘎嘎作響的門下沿，拉開門後小聲説道：

「進來坐坐吧。」

「可是，這個時候……」

「屋裏的人全睡了。」

島村確實有些猶豫。

「那麼，我送送你。」

「不必了。」

「不行。你還沒有看過我現在的房間呢。」

一進入後門，就看到這家人的散亂睡姿。被面的料子像是這一帶的雪褲那種棉布，而且已經褪色發硬。在淺茶色的燈光下，主人夫婦和十七八歲的女兒，還有五六個孩子，把臉朝着各自的方向熟睡着。這情景令人感到，在貧寒僻陋之中也蘊含着一種強勁的力量。

島村好像被那睡眠的溫暖氣息推回去似的，不由地想往後退，但駒子已經把後門咔嗟咔嗟給關上了。她也不顧忌腳步聲，就踏過這間鋪了地板的屋子往裏走，島村也躡手躡腳從小孩子的枕邊穿過，胸中頓時有一種莫名的快感在震顫。

「你在這裏等一等，我先上二樓開燈。」

「不用啦。」島村爬上了黑暗中的樓梯。回頭一看，在孩子們純真的睡臉對面就是賣糖果的店面。

這裏好像是農家房子，二樓是鋪有舊榻榻米的四個房間。

「只有我一個人住，所以寬敞是挺寬敞的。」駒子說着，把隔扇統統打開，只見那邊的房間裏堆放着舊傢具，煤煙熏黑了的紙拉門裏面，鋪着駒子小小的被窩，牆上掛着宴會上穿的衣裳，如此居室，真像是狐狸窩。

駒子把僅有的一個坐墊讓給島村，自己拘謹地坐在鋪蓋上。

「喲，通紅通紅的。」她對着鏡子說，「我醉成這個樣子啦？」

隨後，她一邊在衣櫃上方翻找，一邊說：

「在這兒，日記！」

「這麼多！」

她從日記本旁邊拿抽出來一隻彩紋小紙盒，裏面裝滿了各種各樣的香煙。

「我把客人送給我的香煙，都裝進袖兜裏或夾在衣帶中帶回來，所以全都這樣皺巴巴的，但都是乾淨的。話說回來，牌子大概都湊齊了。」她跪坐在島村面前，撥弄着盒子中的香煙給島村看。

「哎呀，沒有火柴了。自己戒了煙，便不需要了。」

「算了。你在做針線活？」

「是的，但觀賞紅葉的客人一來，也就一點也顧不上了。」駒子轉過頭，把櫃子前的針線活堆到一邊。

這就是駒子在東京生活時的紀念品吧，那個直木紋的漂亮櫃子和華麗的朱漆針線盒，與住在師傅家那舊紙箱般的屋頂閣樓時一樣，但擺在這荒廢的二樓，卻顯得頗為悽慘。

從電燈那邊連接過來的細繩垂吊在枕頭上面。

「晚上看完書，睡覺時拽下這個就關燈了。」駒子一邊說，一邊玩弄着那根繩子。然而，她卻像家庭主婦一樣安詳地端坐着，還有點羞答答的。

「深更半夜，我們挑燈看你的傢什，真好像狐狸出嫁呢。」

「確實是這樣！」

「你要在這個房間裏度過四年？」

「不過，已過去半年了。快得很呢。」

下面傳來了人們的鼾聲，而且也沒有甚麼話頭了，島村便匆匆地站起身來。

駒子邊關門，邊探出頭仰望一下天空說：

「好像會下雪哩。紅葉的季節也要結束了。」

來到了門口，她又接着說道：

「這一帶是山村，紅葉還在時就會下雪。」

「留步，晚安！」

「我來送你，只送到旅店門口。」

想不到，她還是跟島村一起進了旅店。

「晚安！」說着，她就不知消失在甚麼地方去了。但是不一會兒，她又端着裝滿冷酒的兩隻玻璃杯回來了。一進房間，她便激動地說：

「喏，喝吧，喝酒嘍。」

「旅館裏的人都睡了，你是從哪兒拿來的？」

「哦，我知道哪裏有酒。」

看來駒子在從酒桶倒酒的時候已經喝過了，剛才的醉意彷彿又返回來了，她眯着眼睛，目不轉睛地盯着酒從杯子裏溢出，說道：

「可是，摸黑乾杯，不夠味。」

島村把她遞過來的冷酒一飲而盡。

喝這麼一點酒本來不會醉的，也許在外面行走時身子受了涼，他突然感到胸口難受，酒勁直往頭上躥。他好像知道自己的臉色已經蒼白，便閉上眼睛躺下來。

駒子慌忙過來照看，不久，島村便完全稚氣十足地沉浸於女人身體的溫熱之中了。

駒子似覺害羞，那動作儼如沒有生過孩子的姑娘抱着別人的孩子一般。她把島村的頭托高，彷彿看着孩子睡覺似的。

不一會兒，島村突然蹦出一句：

「你是個好姑娘。」

「為甚麼？哪裏好？」

「是個好姑娘呀！」

「是嗎？你這人真討厭。都説些甚麼呀。請你清醒清醒！」駒子把頭扭過去，一邊搖着島村，一邊斷斷續續斥責似地説罷，便沉默不語了。

隨後，她獨自莞爾一笑，説道：

「這樣多不好呀。我難受得很，你還是回東京吧。我已沒有甚麼可穿的衣服了。每次到你這裏來，我都想換身宴會服，可把衣服全換完啦。這件還是向朋友借的呢。我是壞姑娘吧？」

島村一聲不吭。

「這種人，哪裏是好姑娘？」駒子的聲音帶點哽咽，她繼續説：

「初次見面時，我覺得你這種人挺討厭的。從來沒有人對我說過那麼不客氣的話。我真覺得你很討厭呢。」

島村點了點頭。

「哼，我一直沒把這些告訴你，你可明白？要是被女人說成這樣，那可就糟透了。」

「我不介意。」

「是嗎？」駒子像在回顧自己似的，沉默良久。這個鮮活女人的溫存感緩緩地向島村傳來。

「你是個好女人哪。」

「好甚麼？」

「是好女人喲。」

「你是個怪人！」她好像肩膀發癢似的轉過臉去，但似乎想起了甚麼，突然撐起一隻胳膊，抬頭說，「你這話是甚麼意思？你說，甚麼意思？」

島村驚訝地望着駒子。

「說啊！你就為了這個才到這裏來的？你在笑話我，你果然在笑話我啊！」

駒子臉色通紅，瞪着島村在追問時，她的雙肩激憤得顫抖起來，臉色也刷地變白，潸然淚下。

「我好悔恨！啊，好悔恨！」說着，她咕嚕咕嚕從被窩翻滾出來，背朝島村坐下。

島村這才知道駒子誤會了他的意思，頓時驚愕不已，卻閉上眼睛默不作聲。

「我真可悲呀。」

駒子獨白似地嘟噥着，把身體縮成一團又馬上趴下了。

大概她哭累了，便拿銀簪在榻榻米上噗哧噗哧亂戳了一會兒，然後突然跨出房門走掉了。

島村沒能隨後去追她。被駒子這麼一說，他的確感到十分歉疚。

然而，駒子像是立刻就躡手躡腳回來了，她從紙拉門外氣呼呼地叫道：「喂，要不要去洗澡？」

「啊。」

「對不起，我改變了想法，就回來了。」

她躲在走廊站着不動，看樣子是不會進來了，所以島村便拿了毛巾走出門去。

這時，駒子避開目光相對，微微低着頭走在前面，這模樣就像罪行敗露被人押走似的，但在浴池裏泡熱身子之後，竟然令人心疼地歡鬧起來，哪還有一點兒睡意？

第二天早上，島村被唱歌謠的聲音驚醒了。

正當他靜靜地聽着歌謠時，坐在梳妝檯前的駒子轉過頭來，咧嘴微笑着說：

「那是梅花廳的客人唱的。昨晚宴會後是他們叫我去的呀！」

「是歌謠會的團體旅行嗎？」

「是的。」

「下雪了吧？」

「嗯。」駒子站起來，倏地拽開紙拉門讓他看。

「紅葉也已到盡頭了。」

從窗框截取的灰暗天空，牡丹花瓣大的雪片正向這邊呼呼地飄流過來。不知為何，此時出奇的靜謐。島村以睡眠不足的呆滯目光凝望着天空。

唱歌謠的人們竟打起了大鼓。

島村想起去年歲暮那面映照着晨雪的鏡子，便朝梳妝檯望去，但見鏡中飄浮的牡丹花瓣般的雪花越來越大，而敞開領口擦拭着脖頸兒的駒子身畔，飄曳着一道道白線。

駒子的肌膚潔淨得像剛洗過一般，可怎麼也想不到，她竟然是個會為島村隨口說出的一句話產生那麼大誤會的女人，這反而顯出她或有一種難以抵禦的悲哀。

紅葉的紅褐色逐日黯淡的遠山，也因這場初雪而鮮明地復活了。

浮着薄雪的杉樹林，一株株杉樹十分鮮明醒目，它們傲指天空，挺立在雪地上。

在雪裏繅絲，於雪中紡織，以雪水漂洗，置雪上晾曬。從紡到織，一切與雪相始終。有雪才有縐布，雪當是縐布之母。古人也在書中如此記述。

島村也曾在舊衣店裏搜尋村姑們在漫長的雪季中手工做的雪國麻縐布，買下來做夏裝。出於舞蹈方面的關係，他也熟知買賣能樂[20]舊戲服的店舖，於是託付他們，遇到紋飾好的縐布就隨時叫他去看。他喜好這種縐布，喜歡用它做貼身單衣。

20　能樂：日本傳統舞台藝術之一。演員戴着能面具，配合謠曲、以舞蹈為主體的表演。

據説從前在拆掉防雪簾、冰雪消融的初春時分，縐布就首發上市了。村裏甚至還設有定點旅館，專供遠從東京、京都、大阪三大都市趕來的縐布批發商下榻。姑娘們殫精竭慮地織造了半年，也是為了這首發上市，所以到了那時，遠近村莊的男男女女都聚集過來，變戲法賣藝的、叫賣雜貨的也一個挨着一個，就像鄉鎮趕廟會一樣熱鬧。展示出來的縐布，都掛着寫有紡織姑娘名字和住址的紙籤，根據質量品相來評定一等、二等的級別。這也成了選覓媳婦的良機。女孩子從小就開始學織布，所以不是從十五六歲到二十四五歲這個年齡段的女孩，是織不出上等縐布的。年齡一大，織出來的布面就失去了光澤。她們為能躋身於那屈指可數的紡織姑娘前列，既要努力磨練技藝，還要從農曆十月開始繅絲，一直忙到翌年二月中旬，晾曬完工後才告結束。大概因為這是在冰雪封門的日子，沒有別的事可幹，只能做這手藝活，所以才能專心致志做工，其成品也蘊藏着她們的摯愛深情吧。

島村所穿的縐布衣服中，說不定還有明治初期到江戶末期的姑娘所織的布料呢。

島村至今仍把自己的縐布衣服拿去「曬雪」。這些不知曾與何人的肌膚相厮磨的舊衣，每年都要送到產地去曬，雖然是件麻煩事，但一想到往昔的姑娘在大雪封門時的精心製作，便仍希望它能在伊人的故土上，用地道的古老方法來晾曬了。在朝陽的照耀之下，鋪在厚厚積雪上的白麻布，讓人分不清是雪還是布，全都染上了緋紅色。只要思量一下這種景象，夏天的污垢便覺消除殆盡，而且自己的身體也如晾曬過一般舒適爽快。不過，也可把縐布衣服交給東京的舊衣鋪去處理，但他們是不是仍沿襲往昔的晾曬方法，便非島村所能知曉的了。

晾曬店自古就有。紡織姑娘很少是各家自己曬的，大都交給漂曬店去曬。白縐布須在織成之後去曬，有色的縐布則先紡成細線，掛在拐[21]上去曬。白縐布直接鋪在雪地上晾曬。據說晾曬期是從正月至二月，所以也有利用大雪覆蓋的田地作為晾曬場的。

無論是布還是線，都得在草木灰水中整整浸泡一夜，第二天早上在清水中漂洗數次，然後絞乾晾曬。這種程序要反覆做上好幾天。這樣一來，當白縐布即將晾曬完工時，旭日東升，霞光萬道，這種天地緋紅的壯觀景象，美得無與倫比，真

21　拐：把紡成的絲綫捲在上面的一種工字形的工具。

想展示給溫暖鄉裏的人們欣賞。古人也在書中這樣記載着。縐布晾曬完畢之日，正是雪國報春之時。

縐布的產地就在這個溫泉浴場附近。它位於山谷間的河流下游，此處河道漸寬，平疇一片，從島村的房間似乎也能看到。往昔有縐布市場的鄉鎮，現今都設有火車站，如今也作為紡織勝地而名聞遐邇。

然而，無論是在穿縐布衣裳的盛夏，還是在織縐布的嚴冬，島村都沒有造訪過這個溫泉浴場，所以沒有機會同駒子談及縐布的話題。

不過，當他聽到葉子在浴池裏唱歌時，卻偶有所思：如果她生在從前的時代，也許會坐在紡車或織布機旁那樣唱着歌吧。葉子的歌聲的的確確接近那種聲音。

聽說比毛髮還細的麻線，如果沒有天然冰雪的濕氣浸潤，便不易處理，所以它最適宜在陰冷的季節加工。古人說，寒冷天織成的麻布在夏天穿起來也涼爽，這是陰陽自然的看法。與島村情意綿長的駒子，也似乎在本質上屬於涼性。因此，對於駒子內心格外熱情這一點，島村則覺得傷感。

可是，這樣的戀慕，並不能像一塊縐布那樣留下實實在在的形體吧。島村茫然思忖：用於衣着的布，在工藝品中雖是壽命最短的，但如果妥善保管，五十年前或更早的縐布也不致褪色，仍能穿上身。而人生相依相伴，卻沒有縐布的壽命那麼長。於是，他的腦海中不由地又浮現出了為其他男人生下孩子而成為母親的駒子的身姿，島村駭然環顧了四周。現在是不是太疲憊了，他想。

這次逗留得如此之久，好像把要回到有妻子的家這件事也忘掉了。這並非由於不能離開此地，也不是因為不能同駒子告別，而是現在已習慣於等待駒子頻頻前來相會。這樣一來，駒子越是苦悶難受，島村越發感到深刻的自責，猶如懷疑自己是否還活在人世一般。換句話說，儘管他知道自己的寂寞，卻仍靜靜地佇立不動。島村百思不得其解：駒子為何會融入自己的情感之中呢？駒子的一切，島村都能通達理解；可是駒子對島村似乎甚麼都難以理解。駒子那猶如撞擊虛幻牆壁上的回音一般的聲響，在島村聽起來卻宛若沉積在自己心底的飛雪。島村的這種任性不羈，是不能永遠持續下去的。

他覺得這次回去之後，暫時不會再到這個溫泉浴場來了。島村靠近雪季快來時才用的火盆，便聽到旅館老闆特為他準備的京都產的古老鐵壺發出柔和的水沸聲。壺上精巧地鑲嵌着白銀花鳥。水沸聲有兩種，相互重疊，能聽出一遠一近，而比那遠處的水沸聲再遠些的地方，又宛如持續響着幽幽的小風鈴聲。島村把耳朵靠近鐵壺，聆聽那鈴聲。在不斷響着的鈴聲更遠處，駒子踏着宛似鈴聲的碎步走過來的那雙小腳，倏忽映入了島村的眼簾。島村不禁駭然，心想必須離開這裏不可了。

由此，島村忽然想起去縐布的產地看看。他也打算順勢離開這座溫泉浴場。然而，在河流下游有好幾處這類鄉鎮，島村不知道去哪一個鄉鎮為好。因為他不想去看如今已經發展成紡織工業區的大鎮子，所以索性在一個看來比較荒僻的火車站下了車。走了一會兒，來到了像是舊時住宿驛棧集中的一條街上。

家家戶戶的屋檐都向外伸得很長，支撐那些檐端的木柱並排豎立在路端。它們類似江戶街頭的「店下」，而此地好像自古就稱其為「雁木」[22]，當然也就成了積雪深厚時的往來通道。道路一側的店舖相連，這房檐也就接連起來。

房屋之間都是相鄰接連的，所以屋頂的積雪沒有其他地方丟棄，只能推落到路中央。實際上，只是將雪從大屋頂上拋到路面的雪堤上。若要去道路對面，就

22 雁木：在多雪之地，從房子的屋頂加搭出去的遮雪走廊，附有廊柱，方便行人在積雪深厚時可從其下通過。因列如雁行，呈鋸齒狀而得名；有如今日都市商店街的騎樓。

得到處打通雪堤做成隧道，這地方好像管它叫「鑽胎內」。

雖然同屬雪國，可是駒子所在的溫泉村莊卻沒有屋檐相連的景況，所以，島村在這個鄉鎮當然是首次看到「雁木」。因為稀奇，他就走進去稍微看了看。古舊的屋檐下面光線昏暗，已傾斜的柱腳都腐朽了。島村油然感到，好像在窺探祖先世代被埋在雪中的陰鬱老屋的堂室。

在雪底下埋頭於手工作業的織女生活，絕不如她們的製品縐布那麼清爽明朗。這個小鎮給人的印象是十分古老的。在記載縐布的古書中，雖也引用大唐詩人秦韜玉的詩句等等，卻沒提到有哪家織造商雇用織女的，據說這是因為織一匹縐布相當費時費工，賺不了錢。

如此含辛茹苦的無名工人棄世已久，僅有這美輪美奐的縐布存留下來。因夏日穿着感覺涼爽，而成為島村這檔人的奢華衣物。這本非不可思議的事，島村卻忽然覺得不可思議。但凡專注的摯愛之舉，難道皆會在某個時辰、某一地方鞭撻人嗎？島村從「雁木」下來到了街道上。

這條又直又長的大街具有宿驛通衢的氣勢，大概是從溫泉村連通的古老街道吧。木板屋頂的横木條和鋪石，也都與溫泉村毫無二致。

檐柱投下了淡淡的陰影。不覺之間已近黃昏了。

沒有甚麼可看的了，島村又登上火車，去下一個村鎮觀覽。這裏與前一個鎮子類似。島村仍是信步閒踱，僅僅為禦寒吃了一碗烏冬麵。

烏冬麵店位於河岸，這條河也是從溫泉浴場流過來的吧。但見尼姑三五成群地先後過橋而去。她們穿着草鞋，其中也有背着圓頂斗笠的，好像剛化緣回來。感覺她們像烏鴉急於歸巢似的。

「好像有不少尼姑路過這裏？」島村問麵店的女人。

「是的，這山窩裏有尼姑庵。這幾天一旦下雪，從山裏走出來可艱難啦。」

橋那頭，暮色漸濃的山巒已是白茫茫的了。

在這雪國，當樹葉飄落，寒風乍起的時節，陰冷天便會接踵而來。這是下雪的先兆。遠近的高山都呈現出茫茫白色，這叫做「環山繞」。此外，有海的地方，大海發出呼嘯；山勢峭深之處則發出山的吼叫，其聲猶如遠雷。這種現象叫做「山海叫」。目睹「環山繞」，耳聽「山海叫」，便知道雪季已為期不遠，「雪來到」了。島村回想起古書上有這樣的記載。

還是在島村早上睡懶覺時聽到紅葉觀光客唱歌謠的那天，下了首場雪。今年的「山海叫」大概已經發生過了吧。島村獨自旅行來到溫泉，在與駒子不斷幽會的過程中，聽覺彷彿奇妙地敏銳起來了，僅僅揣度山鳴海嘯的聲音，那遠方傳來的轟鳴聲就似乎響徹耳道深處。

「尼姑們也快要閉門過冬了吧。她們大概有多少人呢？」

「嗨，好多好多吧。」

「光是這麼多尼姑待在一起，好幾個月都悶在雪裏，都做些甚麼呢？以往這一帶都織些縐布甚麼的，要是在尼姑庵裏紡織，倒也不錯呀。」

對於島村好事的閒扯，麵館的女人僅報以淡淡一笑。

島村在火車站等了將近兩個鐘頭的返程火車。微弱的夕照沉落之後，寒氣彷彿將星星磨出了冷冽的亮光。他的腳都冷冰冰的了。

也不知這一天出去幹了些甚麼，島村又回到溫泉浴場來了。汽車過了那個常走的岔道口，一直開到神社旁的杉樹林邊時，眼前出現一戶燈火通明的房子，島村便鬆了一口氣。那是小吃店「菊村」，門口有三四個藝伎站着閒聊。

島村剛一想駒子也可能在這裏吧，結果馬上就發現了駒子。

車速驟然降了下來。已經知曉島村和駒子關係的司機，好像不由自主地把車開慢了。

島村忽然把臉背向駒子朝後面轉過去。汽車一路印下的車轍清晰地殘留在雪地上，在星光的輝耀下，想不到竟能看到很遠很遠。

汽車來到了駒子跟前。駒子忽然眼睛一閉，縱身扒上了車。車沒有停下，仍是那麼慢悠悠地爬上山坡。駒子彎着腰站在車外踏板上，抓着車門上的把手。

儘管那是飛身跳到車上，像是吸附住一樣的強悍氣勢，而島村卻感到一股暖流輕盈地飄然而至，對駒子的舉動並不覺得不自然和危險。駒子揚起一隻手臂，像要抱住窗子。她的袖口滑落下來，長襯衣的顏色透過厚厚的玻璃微微一露，頓時沁入島村凍得發硬的眼瞼。

駒子把額頭抵在窗玻璃上，尖叫道：

「你去哪裏啦？喂，你去哪裏啦？」

「你這樣多危險，不要亂來！」雖然島村也是高聲回答，但這是矯情的戲逗。駒子打開車門，斜着身子歪倒進來。然而此時車子已經停住。到達山腳了。

「嘿，你到哪裏去了？」

「哦，你問這個啊。」

「去了哪裏？」

「也沒去到哪裏。」

駒子理順衣服下襬的手法顯露出了藝伎氣質，這對島村來說，宛如看到了稀奇珍品。

司機默然坐在那裏。汽車已經停在道路的盡頭，島村感到就這麼待在車上挺可笑的，便說：

「下車吧！」

這時，駒子抬手捂在島村的膝蓋上，「喲，冰涼。凍成這樣。為甚麼你不帶我去呢？」

「倒也是嘛。」

「還說啥？你這人好怪。」

駒子開心似地笑着，登上陡峭的石階小路，「你出來的時候，我都看到啦。大概在兩三點鐘，對吧？」

「嗯。」

「因為我聽到了汽車聲，就跑出來看，是到外面來看的呢！你呀，沒有往後頭看看吧？」

「哦？」

「根本就沒看哪！為甚麼不回頭看看呢？」

島村吃了一驚。

「難道你不知道我在送你嗎？」

「不知道呀。」

「你看吧。」駒子仍開心地莞爾一笑。接着，她把肩頭挨靠過來。

「為甚麼不帶我去呢？你變得冷酷了，真討厭。」

突然，火警的鐘聲響了起來。

兩人回頭一看，驚呼：

「失火了，失火啦！」

「是火災。」

火苗從下面的村子中央升騰起來。

駒子叫喊了兩三聲，不由地攥住了島村的手。

在翻滾升騰起來的黑煙中，火舌時隱時現。那火頭向旁邊蔓延，火舌彷彿正在舔舐周邊的屋檐。

「是哪裏？那不是你從前住過的師傅家附近嗎？」

「不對。」

「那是哪一帶呢？」

「還要往上去，靠近火車站。」

火焰竄出屋頂，升上天空。

「啊，是繭庫，是繭庫啊！哎喲，哎喲，繭庫在燃燒啦。」駒子接連不斷地說着，把臉頰靠在了島村肩上。

「是繭庫啊！是繭庫啊！」

火勢越來越猛，從高處俯瞰浩瀚星空的下方，火災恍如玩具着火一般悄然無聲。儘管如此，那熊熊烈火似乎正呼呼作響，一種恐懼感逼襲而來。島村摟住了駒子。

「別怕，別怕！」

「不，不，不！」駒子搖着頭哭了起來。在島村的手掌中，感覺她的臉蛋比平時嬌小了。緊繃的太陽穴跳動着。

她是看見火才哭出來的，但島村根本不想弄清楚她在哭甚麼，只是摟着她。

駒子突然停止哭泣，把臉從島村肩上移開，説：

「啊，對了，繭庫裏放映電影啊！正是今天晚上哪。裏面滿是人，你……」

「那可不得了！」

「有人會受傷的，會被燒死的！」

二人慌忙跑上石階。因為上面傳來了嘈雜聲。他倆仰頭一看，高高的旅館二樓三樓，大部分房間的房客也都拉開門窗，到明亮的走廊上觀望火場。擺在庭院角落的菊花枝葉枯凋，不知是依着旅館燈光還是星光而浮現出了輪廓，不由令人覺得那是火光顯映出來的。那排菊花後面也站着人。旅館的掌櫃等三四個人，向他倆的臉上方滾落似地奔下來。駒子提高嗓門叫道：

「喂，是繭庫嗎？」

「是繭庫啊。」

「有人受傷嗎？有沒有受傷的？」

「正在不停地往外救呢。是從電影膠片那兒，砰的一聲全燒起來了，蔓延得好快呀。我是從電話裏聽説的。你瞧瞧！」説罷，掌櫃的揚起一隻手臂迎頭對他倆搖了搖，就走開了。

「說是那些小孩子呀，正從二樓接二連三地往下拋呢。」

「唉，這可怎麼辦呢？」駒子像追趕掌櫃似的走下石階。從後面下來的人們越過她向前跑去。駒子也隨勢跟着跑起來，島村也追了上去。

石階下，火場被房屋遮掩住，只能看見往上躥的火頭。警鐘聲響徹夜空，奔跑的人們更增添了心中的不安。

「雪已結凍了，小心點，地面滑。」駒子轉頭向島村說道，可隨即就勢停住腳步，站在那裏說，「我說，這樣吧。你就算了，不要去了。我擔心村裏的人嘛。」

她這樣說倒也在理。島村感到掃興，垂頭正好看見腳下的鐵軌，原來他們竟然來到岔道口了。

「銀河。真漂亮啊！」

駒子嘟噥一句，就這麼仰望着那片夜空，又跑了起來。

「啊，銀河！」島村也回首仰望，頓時感到身子輕揚直上銀河之中了。銀河的亮光，近得宛如欲將島村掬上去似的。旅途中的芭蕉[23]在驚濤駭浪的海面上所看到的，就是如此璀璨的銀河之雄大吧。赤裸裸的銀河，儼如要將夜色中的大地赤裸着捲上去似地，徑直向那邊傾瀉下來。那真是令人驚悸的豔麗。島村感到自己渺小的身影，似乎要從大地上逆向映入銀河。銀河清澄透澈，不光浩繁的星斗一顆一顆清晰可見，就連充滿光雲中的銀砂，也都一粒一粒格外分明。而且，銀河那無極的深邃，把島村的視線吸進去了。

「喂，喂。」島村呼喚着駒子，「喂，過來——！」

銀河低垂到黑暗山巒的頂端，駒子正朝那個方向奔跑。

她好像在提着衣襟下襬，每次擺動那隻手臂，紅色的下襬便時而外露，時而縮回。在星光輝耀下的雪地上，可辨明那是紅色。

島村一溜煙地追了上去。

駒子放慢腳步，放手鬆開下襬，握住了島村的手。

23 芭蕉：即松尾芭蕉（一六四四－一六九四），江戶前期俳句作家，為俳句文學革新大成者。代表作有《冬日》、《猿蓑》、《炭俵》、《更科紀行》等。

「你也要去？」

「是呀。」

「真是愛湊熱鬧啊。」她提起墜在雪地上的衣服下襬，說，「我會被人笑話的，你就回去吧。」

「好，就到前面那兒。」

「不合適吧。連火場都帶你去，在村裏人面前我不好意思呀。」

島村點點頭停了下來，駒子卻輕輕地抓着島村的袖子，緩緩地向前走去。

「請你在哪個地方等我，我馬上就回來。在哪裏好呢？」

「哪裏都行。」

「那麼，就再往前一點兒吧。」說着，駒了死死盯住了島村的臉，可又突然搖起頭來，說：

「討厭，已經受夠了。」

駒子猛一下撞了島村的身子，島村踉蹌一步。路邊的薄雪中，挺立着一排排大蔥。

「真無情呀！」接着，駒子開始連珠炮似地找茬說，「呃，你呀，曾說過我是好女人吧？你已經要回去了，為甚麼還説那種話，是要向我挑明嗎？」

島村想起了駒子拿髮簪噗呲噗呲戳着榻榻米時的情形。

「我哭啦，回家後也哭了一場哪。我真怕和你分開。可是，你還是早些走吧。你的話把我惹哭了，我是不會忘記的。」

一想起因駒子的誤解反而令她刻骨銘心的那句話，島村就彷彿被依戀之情緊緊縛住了。這時，突然傳來火場嘈雜的叫喊聲。新的火勢噴起了火星。

「啊，又燒起來了，那麼大的火，有那麼多火苗！」

兩人吁口氣，像獲救了似的奔跑起來。

駒子跑得真在行。她的木屐飛也似的掠過凍結的雪面，手臂也不是常見的前後擺動，倒像是向兩側伸展。她那副緊緊凝氣聚力於胸前的姿勢，令島村覺得她意外的嬌小。微胖的島村一邊盯着駒子的身姿一邊奔跑，早已痛苦不堪了。然而，駒子也突然堅持不住，向島村踉蹌地倒過來。

「眼珠子凍得要流淚啦。」

駒子面頰火熱，只有眼睛冰冷。島村的眼瞼也濡濕了。他眨眨眼，感覺滿目全是銀河。島村控制住那奪眶欲出的淚水。

「每天晚上，都是這樣的銀河嗎？」

「銀河？好漂亮呀，不是每晚都這樣的吧。今天可是大晴天哪。」

銀河從二人後面向前流瀉，正是他們奔跑的方向。駒子的臉蛋兒猶如映照在銀河之中。

然而，她鼻子的形狀也模糊不清，嘴唇的顏色也消失了。島村無法相信橫貫長空的光層竟會如此晦暗不明。不可思議的是，這比淡月之夜還黯淡的星光之夜，銀河卻比任何滿月的夜空更為通明，地上沒有一絲陰影，駒子的臉蛋兒恍若古舊面具浮現在一片迷蒙之中，揮發出女體的清馨。

仰首望去，島村覺得銀河又欲摟抱這片大地似地低垂下來。

宛若恢弘極光似的銀河，浸透島村的身體流瀉而過，令人感到彷彿兀立於大地的盡頭。雖然這給人靜謐冷寂之感，但亦妖豔莫名而使人驚詫。

「你走後，我要踏踏實實過日子。」駒子說罷，又起步走去，還用手攏了攏鬆散的髮髻。

走了五六步，她又回頭說：

「怎麼啦？討厭。」

島村就那麼站着不動。

「行嗎？等着我，過會兒一起去你的房間。」

駒子揚了揚左手就跑開了。她的背影彷彿要被黑暗的山底吸噬過去。銀河在被連綿山嶺的輪廓線截斷的地方衝開山麓，又逆勢迸發，從那裏以華麗的恢弘氣勢向長天伸展過去，因而山巒顯得更黝暗、更低沉了。

島村剛挪步片刻，駒子的身影便沒入街上的民舍後面了。

「嘿喲，嘿喲，嘿喲！」號子聲傳過來，但見有人拖着水泵走過去。街上好像有不少人前簇後擁地奔跑着。島村也急忙跑到街上。剛才他們兩人走過來的道路，是通向丁字形街道的盡頭。

又有人拖着水泵來了。島村閃開路後，就跟在他們後面跑。

這是老式的手壓式木製水泵。除了拉着長繩子走在前面的一隊人之外，水泵周圍也簇擁着消防隊員。那水泵小得出奇。

駒子也退到路邊，為拉過來的水泵讓路。她發現島村後，就一起跑了起來。剛才避讓水泵站到路邊的人們，像被水泵吸住了似地跟在後面追趕。現在他們二人也不過是加入了跑向火場的人群而已。

「你也來了？真多事！」

「嗯。這水泵能行嗎？！是明治時代之前的。」

「是啊。別跌倒啦。」

「地上好滑哦。」

「是啊。再往後，颳上一夜的狂風捲雪時，你來一趟看看吧。可能來不成吧。野雞呀兔子呀，都逃進人家屋裏來啦……」駒子雖然這麼說，可受消防隊員的吆喝聲和人們的腳步聲感染，她的聲音卻明快洪亮。島村也覺得身子輕快多了。

傳來大火燃燒的聲音。火勢在眼前沖騰起來。駒子抓住了島村的臂肘。街上低矮的黑屋頂在火光中猶如呼吸一般，忽而浮現出來，繼而又暗淡下去。水泵打出來的水，流到了腳下的道路上。島村和駒子也在人牆外自然而然地停住腳步。火場的焦臭味之中，還夾雜着煮蠶繭似的氣味。

儘管人們在街頭巷尾高聲議論着是電影膠片起火啦，看電影的孩子從樓上一個一個地被拋出來啦，有沒有人受傷啦，幸好村裏的蠶繭和米現在都沒放進去啦……但面對着燃燒的大火，大家卻默默無言，彷彿失去了遠近的中心，唯有一種靜寂一統火場。大家似乎都在靜聽大火的燃燒聲和水泵聲。

時而有遲些跑來的村人，到處呼喚着家人的名字。若有人答應，他們便興高采烈地互相呼叫。唯有這些聲音透出鮮活的生氣。警鐘已經停止鳴響了。

島村想避人眼目，便悄悄與駒子拉開距離，站到了一群孩子的後面。孩子們因煙熏火燎而向後倒退。腳下的雪似乎也鬆軟起來。人牆前面的雪因水流和火烤而融解，泥濘的地上留下凌亂的腳印。

這裏是繭庫旁邊的旱田，與島村他們一起跑過來的村民大都進入到了田地裏。

火頭好像是從支架放映機的入口那邊燃起的，繭庫的屋頂和牆壁已燒塌了一半，柱子和樑架等架構雖然冒着青煙，但依舊豎立着。因為屋裏本來就空空如也，只有木板頂、木板牆和木地板，所以沒有太煙霧繚繞，澆透水的屋頂看來也不會復燃了。儘管如此，暗火好像仍未止住，竟然從意想不到的地方躥出了火焰。人們慌忙把三台水泵的噴水都朝那裏澆去，頓時噴起火星，冒出黑煙。

那些火星向銀河中擴散開來，島村宛若自己又被天河掬上去似的。青煙在銀河中漂流，相反地，銀河也颯然流瀉下來。水泵打出的水沖過屋頂在搖盪，化作淡白色的水煙，亦如輝映出的銀河光耀。

不知道甚麼時候挨過來的，駒子握住了島村的手。島村轉過臉來，但默然無語。駒子依然凝視着火場那邊，那火焰的呼吸在她紅撲撲的嚴肅面容上忽閃忽閃着。島村心中湧起一陣激情。駒子的髮髻鬆了，脖頸向前探着。島村突然想把手伸到那兒去，可指尖卻顫抖起來。島村的手也暖和了，可駒子的手更為滾熱。不知何故，島村感到離別似乎正在迫近。

大概在入口處的柱子那邊又起火燃燒，水泵的一道水柱徑直向那邊噴射，屋脊和棟樑「吡吡」地散發出熱氣，眼看着就要傾倒了。

人牆中發出「啊」的一聲叫喊，便立刻屏住了呼吸，只見一個女人墜落下來。

為了讓繭庫也能作劇場使用，二樓設有只是形式上的觀眾席。說是二樓，但卻很低矮。從這個二樓墜落下來，照理說瞬間便可着地，但剛才卻好像有足夠的時間，讓人用眼睛清晰地追蹤墜落的姿態。也許是因為墜落方式很奇怪吧，看起來就宛若木偶一般。一眼就可看出她已處於昏迷狀態。落到下面也沒有發出聲響。這地方被水沖過，也沒揚起塵埃。落點是在新蔓延上來的火苗和死灰復燃的火苗中間。

一台水泵傾斜着向死灰復燃的火頭噴出弧形的水流，可在水流前面突然浮現出一個女人的身體。她是以這樣的方式墜落的。女人的身體在空中呈水平狀態。

島村心頭一怔，但在剎那之間並沒有感到危險與恐懼，只覺得猶如非現實世界的幻影一般。僵直了的身體墜落到空中變得柔軟了，然而，那姿態如同木偶般的順從，呈現出生命不再的自由，生也罷死也罷都已休止了。如果說島村心中也閃現過不安，那就是擔憂伸展為水平狀的女人身體，頭部會不會朝下、腰和膝部會不會彎曲。看起來似有這種可能，但仍舊呈水平狀墜落了。

「啊！」

駒子尖叫着捂住了雙眼。島村則直勾勾地凝望着。

島村也知道墜落下來的是葉子，那他是甚麼時候知道的呢？人牆中發出「啊！」的一聲驚叫就屏住呼吸也罷，駒子「啊！」的一聲尖叫也罷，實際上彷彿在同一瞬間。葉子的小腿在地上痙攣，好像也在同一瞬間。

駒子的叫聲穿透了島村的整個身軀。在葉子小腿痙攣的同時，島村從頭到腳也驟然一陣冰冷的痙攣。他被一種難以忍受的痛苦和悲哀擊打，心房在激烈悸動。

葉子的痙攣輕微得令人看不出來，旋即停止了。

比起那小腿痙攣，島村更先看到的是葉子的臉蛋和紅色箭翎花紋布的和服。葉子是仰面墜落下來的。衣服的下襬一直翻捲到一隻膝蓋的稍上一點。即使撞在地面上，她好像也僅僅是小腿痙攣了一下，仍舊處在昏迷狀態。不知為何，島村依然沒有感到她的死，只覺得那是葉子內在生命的變形，彷彿那只是變形的轉折點。

從葉子墜落下來的二樓觀眾席上，傾倒過來兩三根木條骨架，開始在葉子臉的上方燃燒。葉子閉合着那雙美麗動人的眼睛。她揚着下巴，脖頸的輪廓線條伸展着。火光在她蒼白的臉上方凌亂搖盪。

島村突然想起幾年前他到這溫泉浴場來與駒子相會，在火車中看見山野燈火顯映在葉子臉龐正中央時的情景，心中又是一陣震顫。這一瞬間，彷彿火光映照出了他與駒子相處的歲月。這當中也有某種難以忍受的苦楚與悲哀。

駒子從島村旁邊飛身跳了出去。這與她驚叫着捂住眼睛幾乎是在同一瞬間，即是人牆中發出「啊！」的一聲便屏住呼吸的時候。

被水澆透的黑色焦屑七零八落，駒子拖着藝伎衣裳的長長下襬踉蹌地走了過去。她要把葉子摟在胸前抱回來。她竭盡全力叉開雙腳站立住，在她的臉下面，耷拉着葉子似已西歸的茫然臉龐。駒子儼若抱着自己的犧牲，抑或刑罰。

人牆在眾口喧囂聲中鬆垮，哄然將她們二人圍住。

「讓開！請讓開！」

島村聽到了駒子的喊叫。

「這孩子，發瘋啦。發瘋啦！」

島村正要靠近發出這種狂叫聲的駒子，卻被一群想從駒子手上接過葉子的男子推搡，打了個趔趄。他叉開雙腿站定，剛一抬頭仰望，銀河彷彿呼嘯着向心胸中流瀉下來。

責任編輯　張俊峰
書籍設計　師　嵐
排　　版　肖　霞
印　　務　馮政光

書　　名　伊豆舞娘·雪國
叢 書 名　新譯川端康成作品
作　　者　川端康成
譯　　者　竺祖慈　葉宗敏
出　　版　山頂文化
香港北角英皇道四九九號北角工業大廈十八樓
http://www.hkopenpage.com
http://www.facebook.com/hkopenpage
http://weibo.com/hkopenpage
Email: info@hkopenpage.com
香港發行　香港聯合書刊物流有限公司
香港新界荃灣德士古道二二〇—二四八號荃灣工業中心十六樓
印　　刷　中華商務彩色印刷有限公司
香港新界大埔汀麗路三十六號中華商務印刷大廈
版　　次　二〇二四年十一月香港第一版第一次印刷
規　　格　三十二開（148mm × 210mm）二二八面
國際書號　ISBN 978-988-70419-5-5
978-988-70420-2-0（毛邊本）